七里潭的冬天

QILITAN
DE
DONGTIAN

李友忠——著

团结出版社
UNITY PRESS

图书在版编目（CIP）数据

七里潭的冬天／李友忠著. -- 北京：团结出版社，
2024.4

ISBN 978-7-5234-0837-7

Ⅰ.①七… Ⅱ.①李… Ⅲ.①中篇小说-小说集-中
国-当代②短篇小说-小说集-中国-当代 Ⅳ.
①I247.7

中国国家版本馆 CIP 数据核字（2024）第 050789 号

出　　版：	团结出版社	
	（北京市东城区东皇城根南街 84 号　邮编：100006）	
电　　话：	（010）65228880　65244790	
网　　址：	http://www.tjpress.com	
E - mail：	zb65244790@vip.163.com	
出版策划：	书香力扬	
经　　销：	全国新华书店	
印　　装：	四川科德彩色数码科技有限公司	
开　　本：	145mm×210mm　32 开	
印　　张：	6.875	
字　　数：	153 千字	
版　　次：	2024 年 4 月　第 1 版	
印　　次：	2024 年 4 月　第 1 次印刷	
书　　号：	ISBN 978-7-5234-0837-7	
定　　价：	50.00 元	

目　录
CONTENTS

七里潭的冬天

一

朝仲老汉觉得，七里潭的这个冬天来得有些突然。

先是铺天盖地的大雾把整个七里潭严严实实裹了三天三夜，紧接着开始起风。一场莫名的老北风从蜿蜒的虎渡河堤岸上呼啸而起，像一把硕大无比的刷子在平原上刷了一整天，把潭面上的浓雾扫涤得无影无踪。偌大的潭面上吹开一道道波纹，像老人脸上堆满了褶皱。树林呜呜作响，树叶像撕碎的纸片随风起舞。风刮在行人的脸上干涩疼痛。道路上卷起的灰土沿着地面翻滚，形成一片起伏的尘浪。整个平原在老北风威风凛凛的肆虐中一下子苍老了。

朝仲老汉惊异的眼神在潭面上扫来扫去，心里直嘀咕：这个冬季真精怪，刚刚才进了晚秋，怎么说来就来了呢？

七里潭因方圆七里而得名，是年代久远难以考证的一次虎渡河决口冲击而成的老潭。潭水深不可测，幽暗沧桑。她像一尊仰卧在旷野上的不朽之身，悠然而坚韧。总有一些关于潭里真幻难辨的水怪故事不胫而走，使人对它产生种种臆想和一份敬畏。每隔三年五载就有一两个痴男怨女葬身潭腹，留一缕幽魂飘荡在水面，给这口老潭涂上诡异的色彩。潭的四周连着宽广的田野、寂静的树林和纵横的沟渠。村庄离得远远的，一般的住户避而远之。只有一个例外——朝仲老汉和他的老伴荷花婆婆就住在潭边的一块从北岸伸到潭里的土台子上。这个土台子离岸不远，有一条窄坝与岸相接，显得异常突兀与孤零。两个没有子嗣的老人，守着这口古潭过了一辈子。来历不明的土台子和两个孤僻的老人像一道奇特的景观，在周边村民的脑海里刻下了深深的印记。

朝仲老汉今年刚过七十岁，荷花婆婆已七十有六了。人生七十古来稀，过了七十这道坎，就可以闻到坟墓的气味。村庄里七十岁以上的老大爷老太太，今天还对着日头掰手指，数数村里剩余了几个同庚，可能来天就随着太阳撒手归西了。但那些人儿孙绕膝，在世能享天伦之乐，闭了眼还有人披麻戴孝。哪怕活孝消受得少，死孝依然很受用。再忤逆的子女儿孙，在老人百年之后也把后事办得体面风光，故意在旁人面前昭示那份孝心，让旁人无咎可责。这样的做法虽不足道，但对死去的魂魄和睁眼旁观的生者都是莫大的安抚。这时候，村里人就自然想起了潭边的两个老人，感叹他们的孤寡，悲悯他俩一辈子人生中无可挽回的缺失，并对自己今后的日子增添了一份自信。自感幸福的老头们不用说，他们把日子调理得更舒心。他们自得其乐地把孙子或外孙女搂在怀中，顶在头上，故意用胡荏扎得小孩哇哇叫唤；老太太则在秋阳高照时就早早给小孩套上厚厚的衣物，生怕他们招风着凉——他们乐此不疲，获得了无穷的快意。也有不少老人常常遭受儿孙的白眼甚至叱责辱骂，但他们一想到七里潭两个老人的孤寂清冷，便觉得一切都能忍耐了——来自亲生骨肉的责骂，只不过是福寿齐备的晚景里短暂的阴云。对比之中总能找到一些宽慰和平衡，因此，他们白天受了一肚子儿孙的气，晚上依然能酣然入眠。

确如村里人想象的那样，朝仲老汉和荷花婆婆把无后的痛苦都嚼够了。在乡村这块土地上，生儿育女是一对男女谈婚论嫁时就得关切的问题。这也几乎是婚姻的第一要务，贯穿夫妻生活的各个阶段。潭边这对夫妻和村里的新婚男女一样，一开始就迫切盼望要一个孩子，可老天一直不让他们遂愿。结婚三年后，荷花婆婆专门供奉了一尊观音菩萨在堂屋的神龛上。那一尊瓷观音岁岁年年接受了荷花婆婆的虔诚膜拜，享用了不绝如缕的香火，却连一男半女的影子都没送到这间小屋里来。送子观音那默默无言俯视人间万物的眼神似笑非笑，含而不露，意味深长，让人难以琢磨。在她那目不转睛的眼神里，荷花婆婆一头青丝慢慢变成了白发。年岁不饶人。荷花婆婆的疑惑随着逝去的光阴与日俱增，她越来越怀疑眼前这尊神仙要么是无暇惠顾她的家，要么是干脆就遗忘了她的祈愿。朝仲老汉呢（那时他和荷花婆婆都年轻健壮），却没有放弃另一种努力。他领着荷花婆婆寻遍了方圆百里所有民间偏方。按照那些白须飘逸老者的吩咐，俩人总是在同一时辰服下用草纸包着的枯梗似的草药。从药罐里淹出的药渣薄薄的一层铺满了屋后的土坝。二十多年寻医问药未果，让他们的祈望像一支羸弱的燃尽的蜡烛，永久地熄灭了。俩人心灵的磨难滴水穿石般漫长，又如潭水一样深沉。当那些失望和绝望的情绪经过咀嚼、黏合、沉淀，裹成一团硬泥沉入潭底后，他们的心绪随之和屋前的老潭一样归于平静了。这种平静是千百次徒劳无功的努力所带来的麻木，是一种无可奈何的情绪的扭曲，同时，也掺和着一种对宿命的认同。这种平静感别人无法入木三分地体味，却像厚实的土地一样支撑两个老人日后的岁月。步入老年之后，没有子嗣的日子让他们对相依为命有切肤之感。他们活得如同一个完整的人，互为对方的一只手，或一条腿。他们甚至都不敢往深处想，一旦失去了对方将意味着什么。

入秋以后，荷花婆婆开始拉肚子，精力也每况愈下。这在村里是头痛脑热之类的常见病。可荷花婆婆的症状并没有自行消失，反而日甚一日。一整个秋季就这样拖延过来了。她本来就步履蹒跚，老态毕现，现在越来越无精打采，萎靡不振。一年四季除了刮风下雨，她都要起大早提着竹篮到潭边的菜地里去的。这是她多年养成的习惯。她把挂着露珠的时令鲜菜摘回屋子里，仔细分拣，洗净切好，精心搭配一日三餐，不断变换口味。进入这个晚秋，她渐渐变得慵懒，对这件事失去了耐心。以前，她总是没等猪栏里的那头年猪叫唤，就把煮好的糠菜倒进食槽里，现在得由那头饿猪的嚎叫来催促她了。她还有一个癖好：每到黄昏，她都要精心切碎一笪箩青菜叶，专注地立在房屋西边的青石台阶上，把鱼食抛向潭面。对她而言，那是一个心旷神怡的时刻。特别是天气晴好的时候，视野极为开阔，远山近水浑然一体。夕阳缓缓西坠，一往情深，把潭面映照得波片粼粼，金光闪闪。一群追日的云絮被太阳烧得通红，印在深邃幽静的镜子般的水面，橘红的或金黄的颜色五彩斑斓，犹如一曲合唱中激昂的调子。有时湛蓝的天幕也铺设上来，形成一种温馨的背景，让人心静如水，备感慰藉。眼前的树林、村庄以及无边无际的旷野结束了一天的喧闹，变得收敛、沉静了。暮色四阖，炊烟四起，老牛的哞叫渐渐远去，偶有狗吠声在远村响起，隐隐约约地消失在天空中。这时候，必定有几条脊背宽长非同寻常的大鱼浮出水面，向荷花婆婆的脚下游来。它们由远及近，在潭面上画出笔直而显目的几条波纹。它们在荷花婆婆脚下翻滚嬉戏，无所顾忌，尽情觅食，展示短暂的快乐，然后悠然地游走了。年深月久，以至于荷花婆婆确信它们是这口古潭里的几条精灵。它们每次出现，都会带给她一阵内心的悸动；它们摇头摆尾地潜回水中，也回报了她一份难以言述的满足。

朝仲老汉发现，荷花婆婆并非天气的原因，不像以前那样每日心醉神迷精心伺候她那几条尤物了。她到潭边的次数越来越稀少。这种举动太不正常，让人感到有种忐忑不安的气息在逼近。

在大雾锁潭的第一天，朝仲老汉发现荷花婆婆开始便血，褐色中夹杂着鲜红。这一不经意的发现使他对老伴的病症有了急转直下的了解。这绝不是村里常见的肠胃不适的小毛病。人有五脏六腑，五脏六腑伤了，血就会上涌下泄，这种症候人命关天。朝仲老汉变得六神无主，他想到了去找村主任。

村主任是一个面目慈善的五十来岁的庄稼人。他忠于职守，颇有良知。他定期给两个老人送来钱粮，尽管这是"五保户"该享受的待遇。但他还时不时来落上一脚嘘寒问暖，对两个老人而言，这显得弥足珍贵。

村主任二话没说蹬上自行车就到镇上去请医生。医生正在他的医药铺里坐诊，身边围拢一堆头痛脑热的病号。他原本是乡镇的"赤脚医生"，镇医院垮了后，他拉了一帮人单干，经营多年，就成了乡人们口耳相传的人物了。上门打针送药，或远行出诊，那是助手们的事，他并不亲自出马。村主任倚仗自己那点面子，好说歹说，终于把医生从那张可以四面转动的皮椅里拽起来，一头扎进浓雾里。一行人跌跌撞撞，好不容易摸到了潭边的小屋里。他们头发上、眉毛上凝结了一层细密的银白色的小水珠，闪闪发光。医生坐下来问诊，显得并不草率，但他的态度令人沮丧。他不肯开药方，只是挥了挥手说："还是赶紧送县医院吧！"他对着那口老潭摇晃着头，把朝仲老汉脊背上摇出了一阵冷汗。

大雾过后的第二天，风稍微小了。村里的一辆拖拉机载着村主任、朝仲老汉一家人向县城驶去。细心的村主任在车厢里垫了两床厚厚的棉絮，让荷花婆婆躺着。拖拉机七弯八拐驶过沟渠、小桥，泥土路上尘土飞扬。田野往后退去，七里潭在视野里渐渐变小了，那座潭边的小屋已成了大地上一个模糊难辨的小黑点。路边的行人瞪大了眼睛朝他们张望。在他们看来，车上的人不是重疾缠身就是病入膏肓。拖拉机像小船一样颠簸摇晃。朝仲老汉左手按住盖在荷花婆婆身上的被子，右手扶住车厢的挡板，居高临下望着渐远的熟悉的土地，内心一片空落。躺着的老伴虚弱无力，脸色发白，病情让人难以预料。镇上大夫的话让人十分不安。他为何什么都不肯说呢？把病人往外推是不符合他的职业秉性的，最大的可能，就是他认为自己无能为力，往县医院送很可能是病人无医可救的一种托词罢了。朝仲老汉的思路一下子触及了他不敢去想的死亡的字眼，心里倏地一惊，陡然害怕起来。他们老两口那种孤寂简单的世界是两个人平分的，缺少了一个人的支撑，整个世界就要倾斜坍塌了。朝仲老汉越想越茫然。他的担忧不断加深，内心在颤抖。恐惧感使他拼命把手指往车厢的木挡板上撅，右手食指上的指甲壳都撅断了。

拖拉机拉着他们从县城往回返的时候，天色已晚。村主任和朝仲老汉沉默不语，间或谈两句与病无关的事情。朝仲老汉的心已被白天的折磨掰成了两半，现在什么也没法往下想了。他开始在心里没来由地怨恨起县医院那个文文静静一身白大褂的大夫。尽管那医生态度和蔼，显得很诚恳。在上午，他先是龙飞凤舞地开出一摞需要病人检查的单子，把几个人忙得晕头转向。下午，他又像说天书似的在那些黑乎乎的硬胶片上指指点点，说了一大堆原发病灶，癌细胞转移，肝肺上俱有等等一些让人似懂非懂的病情。关键他把话说绝了。他说病人只有三两个月的活头，不必做手术，老人没有必要遭这样的折腾，弄点好吃好喝的享受一下，算是尽了一份心。他那平静的别无用心的武断结论让人无法接受。但他的诚恳和权威却又似乎毋庸置疑。好在他善意地提醒大家有必要瞒着病人，别让她心里再受折磨，显示了一份难得的同情心，否则这些人一定会把他当作一头冷酷无情的怪兽的。

村主任也无多话。他也到了知天命的年龄了。老人的心境他更能贴近一些。他一路上联想村里儿女成群的老人，又设身处地地去理解此时此刻朝仲老人的心态——这趟回去，老人的日子恐怕就要物是人非了。

二

对于这两个孤独的老人，一种不同于往日的生活和寒冬一起闯进了潭边的小屋。从县城回来后，荷花婆婆觉得自己的病症越来越重。浑身上下隐隐作痛，像有一只无形的手在体内不安分地撕扯，腿脚也越来越滞重。现在，她不可能在这个冬季迈出七里潭了。行路走远，绝对是件艰难的事。端一小盆猪食上猪栏，背上都直冒虚汗。她不由得担心，会不会就这样一病不起了呢？尽管村主任一再贴着耳朵跟她说，上了年岁的人，一到秋冬都容易犯这种病，只是一定要静养，明年一开春就会好起来的……但她总觉得阎王在远远地向她招手。她心里不断发虚，仿佛死神的脚步越来越近。有时又觉得身子顺气了一些，似乎病症又柳暗花明。对病情的感受总是时轻时重，时疾时缓，交织煎熬。老伴再三宽慰她，她也用村主任的话来宽解自己。村主任是她多年信赖的人，况且他说的话也是县城大夫的意思。还是应该少愁一点为好，一愁添三分病。但愿像他们说的那样，冬天一过，病就如一阵风似的吹过屋前这口老潭，不会再回头。

这个虚弱的老人并不完全是忧愁自己明天或是后天就会爬进坟墓里去。果子熟透了，树叶枯萎了，没有风吹也会落地。老人们总能用这种心态去迎接死神。只是与别的女人不同，荷花婆婆还藏着一块心病。她在二十年前就许过一个誓愿，那就是要在老伴的后面离开人世。如果天遂人愿，她就可以为他扶柩送终了。对临死的老人而言，还有什么比无人送终更令人伤心的呢？这样，她每年都可以在他坟墓前燃一把香，烧一沓纸钱，磕上几个头，在大年三十晚上为他的坟头上点一盏孝灯，像儿孙们尽孝那样虔诚地去做那些事，也好让这个陪伴了自己一生的男人像有子有女的老人一样在冥冥之中得一点宽慰，不至于到了阴曹地府还那么凄惶。无儿无女的生活在阳世很凄凉，到了阴间也一定会孤苦伶丁。一想到子女的事，她就没法平静了。酸苦辛辣像一锅煮开了的怪味汤，在她心里沸腾起来。作为一个女人，她自感没尽到那份传宗接代的天职，这都是她的错。她现在已经领悟到了这是老天对她原有罪过的一种惩罚。她一想到这份苦果本该由她独吞的，现在却搭上了身边这个男人，拨了一半的痛苦让他来承担，她就心如刀割，撕裂般的愧疚之痛远远超过了病痛之苦所带来的那部分感觉。

本着埋藏在心底的那份愿望，一种执拗的活下来的信念又让她慢慢安静下来。她不再硬撑着东想西想干这干那了。尽管她现在所能料理的家务事很简单：做一日三餐，洗几件衣物，喂几顿猪食，清扫一下房子。看着朝仲老汉面对那些细碎活有些不知所措的样子，她也不再心烦气躁，而是心安理得了。她变得很顺从，尽量多躺在床上静养，每天按照医生的嘱咐，吃两颗粉红色的药丸（实际上那只是一种止痛药），不再要男人冲她发那些善意的脾气。男人的体贴也好，脾气也罢，渴望她好好地活着的愿望始终是那么强烈，让她觉得只要她不闭眼，抛下他孤寂一人活在世上，都算是对他一种微薄的报偿了。朝仲老汉每天窸窸窣窣忙里忙外，把那些该由女人拾掇的事情弄得杂乱无章。荷花婆婆尽量不吭声，只是瞄着他的一举一动。那些覆盖在男人身上的眼神，有时嗔怪、有时埋怨、有时生气、有时疼爱。他终日忙忙碌碌，脚声厚重，但语气低柔。她的内心深处可以明显感觉到，只要她在身边，不管她的眼神里装什么内容，他都忙得甘心，也活得踏实。

老北风刮得很猛，日子却静得像水一样。朝仲老汉终于能把那些灶前灶后、缝补浆洗之类的家务事料理得跟女人一样有条有理。他现在看上去身子佝偻，年轻时却是虎背熊腰，耕田耙地从不肯让人。他是村里种田的好把式，栽秧割谷、种麦收棉这类农事没几个人能与之相比。他一辈子很少把家务事看上眼、提上手。一来他把田间地头的事看成是天经地义养家糊口的大事，觉得那才需要倾心尽力，二来他也根本无须为此操心——成家以后荷花婆婆就一直把他当作一个宠儿伺候着。他一进家门就衣来伸手、饭来张口。每天都有切成细丝一样的烟叶装满一个小布袋，让他随时可以卷起来抽一阵子；每次换洗的衣物都叠得整整齐齐，放在那个破旧的五屉柜的最上层，伸手可及；饭菜调理得有咸有淡，每天都花样翻新；夏天不让他捂出痱子，入冬不让他冷了脚头……七里潭周边的村庄没有几个女人像她那样会伺候男人。可能这种福气来得太容易，也可能荷花婆婆天生就是一个细柔的性格，所以朝仲老汉一直以为老伴只不过比别人细心一些罢了。现在轮到他换了一个角色，终日亲手盘弄柴米油盐，个中滋味开始甘苦自知，才明白种田养家固然很难，原来主内持家也不是一件容易的事情。女人的性情总是有长有短，有粗有细，有的大大咧咧，有的温顺细柔，可细心粗心都抵不上一份贴心啊。回想起这多年自己寝食起居中那种如鱼得水的感觉，明白了女人是掏出了一颗心，用一生的心血在精心编织那些家务事中的细节。那份深情厚谊像酒一样往外溢，把人都能够熏醉。可这些年他却粗疏地忽视了。她像对儿子似的怜爱他，对此他深信不疑。但他像飘浮在云雾里，没有沉下心，去深悟那些细枝末节所蕴藏的艰辛与寓意！想起这些他备感失落和懊悔。能够领悟到某种事物的意义然后以品味的姿态去接受，与以一种理所当然的态度无所用心地去接纳，那种享受的差别是多么巨大啊。现在，当他在顿悟之后，想把这间逼仄的小屋当作他的一块倾注情愫的庄稼地精心耕作，用肥沃的碾碎的细土一样的点点滴滴去回应她的时候，可惜来日不多了。

好心的村主任也在为两个老人忙碌。他碾了两担米送过来，整整装满了两口大缸，足以让老人吃上半年有余，他这一举动像是在为办什么大事做准备一样。村里一条新公路过境，砍伐了一片杨树林。村主任邀了一伙人，把那些枯树枝、不成材的粗树锯成一尺来长的木筒子，一车一车运来，在土台上堆成一座柴山。几个泥瓦匠受村主任之托，花了一天的工夫，在老人睡觉的那间房屋里用半截废铁桶垒起一座火塘，还专门开了一个烟道。火塘垒得很令人满意，离床不远不近，便于散热升温，既不窝火，又不呛烟，还保证安全。这样一来，病人一整个冬天的取暖就不用发愁了。几个泥瓦匠把他们的一份善心和一点小聪明都揉入这个新鲜玩意儿里。一年中偶尔为之的善举让他们把手头的活儿办得格外精心。村主任又亲自上门把房前屋后的几扇窗户检查了一遍，该补的补、该修的修，以防冷风渗进来。荷花婆婆千恩万谢。朝仲老汉却没像往常那样客套推辞一番。他和村主任有时对望一眼，眼睛里有一份默契，又深含了一份酸楚。末了，村主任轻轻对老汉说：

"把栏里那头猪宰了吧！早点杀了，好弄些新鲜的猪肝和心肺给婆婆煨汤喝。听人说，吃肝补肝，吃肺补肺的！"

其实，进了寒冬腊月就可以支锅起灶，不一定非要等到年关跟前才牵猪赶羊。朝仲老汉听了村主任的话，赶紧挑了一个晴朗的下午，请村里的屠户来宰猪。那个屠户比村主任小五岁，还算是个年轻人。他满村操刀问斩完全是子承父业。他的老父亲一辈子都挑着一副屠户担子走村串户，薄刃尖刀、宽砍刀、剔骨刀、铁捅棍、吹气竹竿、夹毛镊子等工具挂在担子上，叮当作响。担子里的油腻气味一路飘过，让一群快乐的小孩如蝇逐臭地跟随着。他一生与无数的猪犬结下了生死冤孽，六十岁的时候才决定金盆洗手。他把那副担子里的家什用一口大铁锅煮了一整天，洗得干干净净，然后郑重地移交给儿子。儿子接手晚，但比他父亲头脑灵活。他除了杀猪宰羊，也劁猪煽鸡。做得更多的是贩猪卖，把成沓的钱揣进口袋里。他并不热衷于父亲传下来的手艺，仅因村民的需要，所以他欲罢不能。今天，他把自己的最小的孩子也带来了。

那是一个正在镇里读小学的瘦弱的男孩。言语不多，显得腼腆文静。小屋前的平地上，一个专用的杀猪盆里倒满了滚烫的开水，蒸气弥漫。屠户和村主任使出了浑身的劲头，涨红了脸。一头活猪在他们的刀下发出一阵凄厉的嚎叫，一注鲜血从它的脖子里喷涌而出，倾注到一个小木盆里。那头肥猪随即放置在滚烫的水中，被屠户吹进的空气胀得滚圆，一身黑毛褪尽，露出白花花的肚皮。

小男孩对这一头猪的死亡过程显得毫无兴致。也许是熟视无睹的缘故，也许这场景远没有学校旁边网吧里的杀人游戏那么刺激。他独自一旁，站立在潭边的青石台阶上远眺。整个七里潭在他的眼里就像课本上描述的大海，浩瀚辽阔，能够包容一个从未出过远门的小男孩脑子里所有的想象。太阳落在潭面上，恰似一只闪光的小圆盘。小鸟在上空盘旋，远远的像蚁虫一般细小。他注视良久，呆呆地沉浸在一种欣赏或遐想的甜美之中。偶尔，他拣起一块薄土片用力地掷向水面。土片像一艘微缩的舰艇飞奔向前，在远处的潭面缓缓下沉。过了很久，他又回到父亲身边，拿起用过的刀器无聊地敲打起来。他父亲十分担心他弄卷了刀刃，横了他一眼说：

"一边去！别碍手碍脚的。要不进屋去看看婆婆！"

小男孩快快地放下刀棍，钻进小屋里。不一会，屋子里传出了一老一少含糊不清的谈话。声音时高时低，断断续续传出屋外。

吃晚饭的时候，荷花婆婆硬撑着上桌陪客人。村主任和屠户理所当然被请到了上席位。下席位的荷花婆婆把小男孩牵到了同一条板凳上。从厨房里端出的都是一下午在猪身上获取的成果，炖猪血、红烧排骨、烩猪肠、炒肉片，摆了一满桌。还特别为荷花婆婆煨了一碗新鲜的猪肝汤。朝仲老汉拿出一壶陈年老酒，一个劲让村主任和屠户推杯换盏，开怀畅饮。他殷勤而又感激的奉劝让村主任和屠户兴致勃勃，喝得面赤酒酣。

小男孩坐在荷花婆婆一旁，羞怯地埋头吃饭。朝仲老汉看到村主任和屠户对樽互酌，喝得很忘情，就把一腔的热情对着小男孩。时而摸摸他的头，又摸摸他的肩，亲切地询问他爱吃什么菜。

荷花婆婆慢悠悠地啜着面前的那碗汤，像在细细地品味里面的味道。因为一下午有小男孩的陪同，她的心情格外舒畅，精神明显比躺在床上的时候好多了。她用亲切的和蔼的眼神一直盯着他，不停地上下打量着他，饶有兴致地欣赏他吃饭时羞怯的姿态。

"他还晓得问我的病症呢——他还只是个孩子啊！"她赞赏地瞟了屠户一眼，屠户则矜持地"嘿"了一下。

"他让我一五一十地把病症摆给他听——"她有些得意地顿了顿，旁若无人说：

"他还把我那包药一颗一颗地数，数完了，还摇头晃脑给我算帐，一天吃两颗，六十颗正好三十天吃完，都知道算细账了！"两个喝酒的男人停顿下来，把注意力转向这一边，津津乐道地看着荷花婆婆用那只枯瘦的手摩挲小男孩的头。

"你们听听他说的……'婆婆，您这药一吃完，就要过年了，大年一到，您的病就该好了！'嘿嘿……"她欣慰地咧开嘴笑了起来。

村主任和屠户都劝荷花婆婆多吃点饭。朝仲老汉用勺子舀了汤，想递给她。

她全然不理会。眼光只是专注地停顿在有些脸红的男孩身上。

"有个懂事的孩子真是前世修来的福气啊。他还给我讲了好多学校的事——他考了一百分就得一朵小红花，已经得了十朵；下了课他和别的班学生玩游戏，总是输；镇上又盖了两排新楼，十字街卖的烤红薯比家里又香又甜，那人在上边喷了糖精水……"

她越说越陶醉，情不自禁地去攥小孩握着筷子的手，似乎忘了小孩正紧张地往嘴里扒饭菜。小男孩的嘴里被塞满的食物胀得鼓鼓的。朝仲老汉不停地给他夹菜，让他不是在咀嚼，几乎是狼吞虎咽了。

"慢点咽，乖娃儿。"她放开他的手，在他的背上轻轻地捶几下，害怕他被噎着了。

"你答应了还要跟我说说学校里的事情的，不能忘了呢！"

男孩抬起头，朝她露出一张涨得通红的脸，说：

"一定来，等明年爸爸再来给您杀年猪的时候……"

这次荷花婆婆没有再去试图攥他的手，而是把手收回去抹自己的眼眶。那眼眶好像有泪要冒出来。

吃罢晚饭，天要黑了。夕阳落山后的残照全被七里潭浩渺的水波吸附进去。冷风从北方的田野上横扫过来，让人不寒而颤。屠户的步子已经有些趔趄了。村主任夺了屠户的担子挑在肩头。小男孩跟在担子的后边，依旧显得很文静。荷花婆婆靠着朝仲老汉，一直将他们一行送过那道小土坝。小男孩向她挥挥手，她也向小男孩招手，手却不肯放下来。小男孩的背影像一根丝线牵着她的视线，在一片茫茫的夜色里，越牵越远。

三

令人不安的冬日越走越深。这个冬季异常寒冷。现在，除了一日三餐之外，朝仲老汉要干的大事就是要把屋旁那堆积如山的木头劈出来。这堆木头在平常的年份，一个冬季是绝对烧不完的。村主任如此尽心，就是为了让老伴在这个凄冷的来日不多的冬天里，得到一份她一辈子都没有过的额外享受。尽管这样做对七里潭所有的老人来说，都是一种不可想象的奢侈。村主任真是菩萨心肠。朝仲老汉默默地承接了这份好意。看着老伴一天天衰弱下去的身体，他的内心酸痛交加。他要把这些木柴一根不剩都用完，使房间里那个火塘在整个冬季都终日不灭，让老伴在北风呼啸之中也有温暖如春的感觉——这也是在现有的条件下，对她所能尽到的最大的一份心意了。

在杀完年猪的第二天，朝仲老汉拿出已经生了锈斑的斧子和一把砍刀，磨得锃亮。他先是用砍刀把那堆细枯枝剁短，用稻草绳捆扎成许多小捆。然后用斧子把每根锯短的粗树劈成四半，堆放在厨房里。劈柴的长度和炉膛的直径正合适，在哪里都找不到这么好的取火材料了。

　　不成材的木头有很多扭曲弯拐的节疤，木质坚韧难劈。这是一份只适合年轻人干的活，可朝仲老汉干起来却像年轻人那样不吝力气。一股莫名的情绪在他胸膛里翻滚，像藤蔓一样紧紧缠绕着他，使他难以平静，也难以自禁。他每天都要把自己累得筋骨酸痛精疲力竭才肯罢手，似乎只有这样，他心里才会好受一些。

　　荷花婆婆被屋外噼里啪啦的声音搅得心神不安。她透过窗户，看到寒风中的男人脱了棉袄，剩下一件青色的秋天穿的薄夹衣。风不停地吹动他的头发，掀起他的衣角，把他的古铜色的脸揉得通红。他的身材看起来已经变得萎缩弯曲，完全不是年轻时的宽膀壮腰了。即使他把斧子扬到最高处，最大限度伸展了腰，也无法回到年轻时那种令人心跳的英姿——他确实老了。如果他坚持要把那堆积如山的木头劈完，他一定会大伤元气的，明年开春以后身体都难以复原。冬天本该是庄稼汉休养的日子，何况是一个老人呢。真是难为了他这把老骨头。她不明白他为何不听劝阻，非要固执地把这些可以往后挪一挪的活计一口气往前赶。她心里面感激他这份执着，却又心疼不已。朝仲老汉绝不让她坐在门口陪着他，硬把她赶回里屋，强迫她躺在床上。房间里热腾腾的，浑身的毛孔里都像流淌着热气，温暖而又舒适。荷花婆婆每天躺在床上，倾听屋外那木头顽强抗拒斧头劈砍的帛裂声传来，心里有些生气地嘀咕：这老头子年轻时那股犟脾气又犯了。

　　柴堆在逐步变小。朝仲老汉确实感到力不从心，元气大伤。握斧子的手不像原来攥得那么紧了，需要歇息的次数比原先多，时间也一次比一次长。干活的时候，他眼里只有木头，可一停下来，他就心乱如麻，老泪不住地往外溢。他心里远不止伤心这么简单。连他自己都无法理清到底什么样的情绪占据上风，也不清楚自己在想什么，该想些什么。所有的思绪都那么零碎芜杂，百感交集。他甚至冒出不愿走进屋去，待在老伴身边的念头。虽然这种念头绝非他的本意，而是心酸到极处的一种反应。面对一个与自己朝夕相处的人，一个恩爱了一辈子，像一朵鲜花在眼前绽开了一生的女人，即使她已是病恹恹的失去了往日那份活力，但能数得清她还剩多少时光从这个世上消失，化着一个孤魂飘然而去，却还要强忍悲伤，若无其事地去面对她，编织一些谎言去安慰她，这无论如何都让人痛苦剜心、难以承受、甚至会把人逼疯。

在实在累得动不了的时候，他宁愿待在屋外，沉默地面对潭面上汹涌而来的冰凉的潮气。他沉闷地抽了一锅又一锅的旱烟。烟锅里时常冒出火星，烟管里余温尚存，可呼出的浓浓的烟雾立即就变冷了。他需要在这种寒冷的沐浴中把心里头的伤悲凝固起来，不让它们周身蔓延，而是用一种冷静取而代之。这样他面对老伴的时候就会更自然一些，不至于让她察觉出什么。县城那个大夫提醒得对，向病人隐瞒是完全必要的，千万别让她再添新的折磨。一个活着的人尚且难以承受，更何况一个濒临死亡的当事人。如果她明了自己的死期，倒计时一样数着日子往棺材里走，该要遭受何等的煎熬啊。

现在，他停下斧子的时候，就干脆坐在椅子上长时间向着七里潭深切地凝望。他已经不是单纯地歇息了，而是像面对一个神祇袒露心迹。他与这口古潭守望了五十多年。他熟悉她的每一寸地方。潭面的一切是他手中的纹路，丝丝缕缕镌刻在他心里。他从未见过她兴起波澜，暗藏湍流。她始终是那么宁静和霁，又那么宽厚深邃，似乎能包容人世间的一切。一个行将就木的老人脑子里的沧桑，一个村庄的遥远历史，现实生活中的人事纷争、熙熙攘攘，一旦附着在她身上，就像一块石头放置在山谷，一根树苗生长在森林，全被湮没得无影无踪了。她所展示的魅力一直让朝仲老汉觉得勾魂摄魄。五十多年前他和荷花婆婆流落至此，他一眼就选定了这个地方。他不肯再四处漂泊，这就是他人生的归宿地。令他好奇和欣慰的是，当年的荷花竟然与他不谋而合。

　　究竟是什么东西把他引领到这个地方来，谁也无法说清。如果不是少年时那场变故，很难说自己会过上一番什么日子。人生有如棋局，变幻无常，一只冥冥之手随意移动一颗棋子，人生就此便面目全非。朝仲老汉的人生轨迹可以一直沿着虎渡河，溯长江而上，回到那个大山脚下江边老镇的起点。他年少丧母。父亲强壮骁勇。那时兵荒马乱，父亲翻山越岭长途跋涉，冒险偷贩私盐，积攒了一笔可观的钱财。这使得儿时的朝仲居然能够端坐在私塾里，摇头晃脑地冒出一些只有富家子弟才会有的梦想。在父亲准备找一个稳妥的女人平静度过后半辈子时，却鬼使神差看中了老镇上柳巷里一个土妓，并临时租了一间房子合卺而居。那是一个花枝招展、狐眉蛇眼的女人。她把男人的家底摸得清清楚楚。两天后的清晨就把所有的钱财席卷一空，然后不知所踪。身无分文的父子俩即刻被扫地出门。父亲情急之下跳进滚滚江水。年少的朝仲在一个破庙里哭了三天三夜，饿得奄奄一息。他无法揣度父亲残忍地抛下他自绝人世的心情。他永远抹不掉收藏在记忆里的那个女人脸上的一丝浅显笑容。后来他明白那丝笑容后面蘸满了随时准备喷出的毒汁。他恨不得把那个心狠手辣的女人碎尸万段。仇恨的种子像一颗炸弹永久埋在了心底。不过他无法为父复仇，他当时已经自身难保了。

一个大他六岁的女人用热汤救了他。她就是荷花，他未来的妻子。她是一个大户人家的下人，也是父母双亡。被主人家辞了以后，就随着朝仲四处飘荡，直至找到了七里潭这块归宿地，然后像一艘随波逐流的船舶永久靠岸。荷花于他有救命之恩，他一辈子都感恩不尽，但这并不代表他对她感情的全部，只能算是一个良好的开端。朝仲老汉年轻时执拗、倔强，甚至有点暴躁。可荷花像一个母亲一样温柔如水。她没有让他性格中的偏执部分像沟壑边的野草疯长起来。她想办法软化他、感染他，让他变得平静，帮他慢慢拔掉心中那颗仇恨炸弹的引信，使他从一个一心复仇的莽汉变成一个向往美好生活的正常人。这使他对她又产生了一种母亲般的仰望和依恋。他不知道母爱是怎么回事，但他从荷花身上找到了母亲的影子。

他们居住的小屋是整个七里潭唯一的人为的附着物。最早的时候只不过是一间草草搭建的席棚房。到了中年，他们又改建成了土砖屋。后来，终于像其他农户所奋斗的那样，盖上了红砖瓦房。现在，这间瓦房也和他们一样陈旧苍凉。七里潭见证了他们生活的变迁，也感应到了这对原本陌生的男女在一辈子的耳鬓厮磨中生活的相依相携和灵魂的相拥相惜。朝仲老汉扫描了七里潭周边的家家户户，自豪地感到自己一生的幸福算得上是鹤立鸡群。当然，无后的缺憾今生今世是无法弥补了。荷花婆婆面对屠户家的小孩倾注的复杂的神情，让他心里隐隐作痛。一心向往的东西却又无法得到，这种渴求对朝仲老汉也同样刻骨铭心。不过，在两个人构成的一个完整世界里，自己的全部付出能被对方独享，没有其他任何人来瓜分哪怕是其中的一点一滴，这种人生幸福不也是尽善尽美吗？

·

阴霾连日，昼短夜长，日子逼近了年关。天空灰云密布，阴风怒号。整个七里潭如冬眠一般蜷缩起身子。一望无际的裸露的原野空空荡荡杳无人迹，被厚厚的低云无情地压抑着。天地浑然一体，显得含混晦涩，又伤人肺腑。

荷花婆婆已虚弱得卧床不起了。她开始滴米不进，嘴里偶尔吐出的口水里掺和着稀释的血迹。她的脸一天天凹陷下去，像一块柚子皮失去了水分，枯萎干瘪、生满了黑斑。时常出现的疼痛消耗了她的精力，使得她只能用控制不住的微弱的咳嗽来回应。她的手耷拉在床边，一动不动，好像移动一下的力气都丧失殆尽了。

房间里炉火熊熊，终日热气腾腾，这似乎是唯一可以为她注入活力的所在了。饭菜已经失去了应有的意义。朝仲老汉每日陪伴在她的床前，呆呆地望着她，偶尔说上几句话，长时间地轻柔地握着她那双细瘦得像鸡爪一样的手。他有不尽的泪水从喉管往上冒，但他又拼命把它们强压到肚子里面去，这种泪水的艰难循环使得他头脑沉重、空洞、麻木，无法正常静思细想——他在恐惧地静候某种时刻的到来。

腊月二十四是农历的小年。北风到了夜晚就偃旗息鼓了。巨洞一样的黑暗吞噬了所有的声响，不期而至的寂静让人害怕。房间里一盏余油将尽的煤油灯火苗摇曳，使屋子里倏明倏暗。荷花婆婆依然昏昏沉沉地躺着。这时，一阵年关的鞭炮声隐隐约约从远处的村庄传来。荷花婆婆像被这种声音激活了一般。她睁开眼睛翻了一下身，对朝仲老汉轻声说：

"想喝点汤……"

朝仲老汉像被电击了一下似的倏地跳起来，慌忙端起火塘边的一碗温汤，连喂了她几勺。她吞咽得很急促，好像恢复了一点点精力。随后她推开碗，喘了几口气，平躺下来。

安静了好一阵子，荷花婆婆突然痉挛起来，张大了嘴要呕吐。她赶忙费劲地侧身，一大口一大口的鲜血从她嘴里呼出来，一部分吐到地下，一部分洒在床单上，剩余的留在嘴角。这一切来得这么突然，是一个他们两人都再清楚不过的信号。荷花婆婆似乎早有准备，好似终于等到了这一刻。她不去理会嘴里还要冒出什么，却意外地伸出手，对着一刹那间惊骇得像一尊泥塑似的朝仲老汉说：

"朝仲，大限到了……陪我说说话吧……"

他像被惊醒似的，迅速爬到床上，半卧半躺把她抱在怀里，抓起枕巾，小心翼翼擦拭她嘴角的血迹。一腔压抑了很久的泪水，毫无阻拦汹涌般地从他眼眶里长时间流淌下来。

奇怪的是，这时候又起了风，把后屋檐的一块油毛毡刮得直响。朝仲老汉对屋外的一切都不敏感了。他尽情地听任泪水流淌。那些泪水顺着他的两腮的皱纹往下流，流到脖子里，甚至滴到荷花婆婆半睁半闭的眼睑上。这时，他的心平静了许多。他开始全神贯注倾听她说话。他知道，这时候她的话哪怕是只言片语，都令他的余生回味无穷。

"你安静听我说……你一哭我更难受……"她用眼神告诉他抹掉泪水。他点点头，试图让自己完全平静下来，下意识把她的手掌掰直，然后握紧。

"一辈子有你陪着，我算得上福寿双全了……"她看了他一眼，又闭上眼睛，像是在聆听，又像是在回忆什么。

"那几条鱼游过来了……"她用梦呓一般的低语说。

"我要回那个老镇上去……回那个镇子上……去看看……"她咕哝了一会儿，又安静下来不吭声了。她的声音像思绪一样连绵悠长，时断时续。朝仲老汉不忍心打断她，只是笨拙地啊了几声，然后静静地等待她信马由缰地说出她想说的话。

"我没给你生一男半女，都是我的罪过！"她在沉默地思索了一会后，使劲提高了声调，激动地说。愧疚的情绪让她的声调有些发颤。

"这些日子你想起过你父亲没有？"她停顿了一会儿，突然睁大眼睛盯着朝仲老汉莫名其妙地发出一个急促的提问。她的声音像一把锤子敲打在森林深处一间荒芜多年的老屋的铁门上，震荡在幽谷嗡嗡作响。他心里有根弦猛地弹了一下。一股蛰伏已久的情绪开始蠕动起来……这个时候她来叩击他心力交瘁的那颗心中沉睡的一部分领域，是多么的不合时宜。她问完话就闭上了嘴，一半像休息，一半像在给他回忆的时间。

"你想起过他的死没有？"过了好一阵子，她那低微的声音像箭一样犀利地追逐他内心深处的目标。这时，朝仲老汉心里已经有无数根弦嘈嘈切切乱弹起来。他无言以对，胸膛在发热、膨胀，明显感到一股热血往脑门上冲，然后在横冲直撞，四处飞溅。这一过程持续了好一段时间。他现在明白了——原来那颗仇恨的炸弹一直与他如影随形。

"有件事非得跟你说……要不我不闭眼的……"她开始喘气，

像背负着一个重物爬行时发出的吭哧声。她把朝仲老汉给她擦嘴的枕巾用力地拽到脖子上，吃力地说道：

"我并不是大户家的下人……我……是从柳巷里逃出来的，坏了身子……"她断断续续艰难地说出了这几句话，然后，她如释重负地露出了一丝浅显的笑容。这份笑容似曾相识，再一次唤醒了朝仲老汉深埋在脑海里的记忆。这份浅显的笑容停留在荷花婆婆嘴角纵横交错的皱纹里，看上去有如他儿时那个老镇旁山坳里一朵枯萎的罂粟花。

……

房间里那盏油灯早已油尽灯灭。火塘里的木材燃烧殆尽，塘口里只剩下一个微小的即将消失的光点，神秘地闪烁不定。窗外的寒气趁势席卷而来，把这个原本由炉火包裹着的温暖的一隅与外面的寒夜融为一体。无边无际的黑暗掩埋了小屋，覆盖了七里潭，笼罩了整个大地。时间和空间在茫茫的黑暗中变得无法感触。躺在床上的荷花婆婆身体开始僵冷。在朝仲老汉紧拽着的枕巾狠命地勒住她脖子的那一刻，她的眼球鼓了起来，随后她的眼睛安详地永远闭合了。但她的纯净的灵魂还伫留在这间屋子里，守候在朝仲老汉的身旁。

一阵猛烈的雪粒敲击屋顶上的瓦片，发出一片杂乱的声响。随后，风静了下来。漫天飞舞着纷纷扬扬的雪花。到了明天，或者后天，满世界都会是一片纯洁，银装素裹了。朝仲老汉在经历了一阵亦幻亦真的混乱之后，感觉到了一股火山熔岩般的血液在慢慢从肢体中抽离，先是脑袋，然后是胸膛，直至他的手指都变得空灵起来。他的血液、他的心灵在经过一阵洁浊扬清的荡涤后，回到了一切都好似不曾发生过的状态。他缓缓地拉上被褥，紧紧裹住他们俩，然后用两只手轻柔地搂着荷花婆婆的身躯，就像他年轻时睡意蒙眬间那种习惯的姿势。一种温馨如初的感觉充溢了他的全身。他感到整个房子在黑暗里像雪片一样飘逸地往下沉，那几条非同寻常的大鱼正引领他们向潭底沉下去，那深不可测的湖底有一个他们俩独享的永恒而又清纯的幸福世界。

守山的孩子

　　孩子有个很好听的名字——福娃，喊起来吉祥，听着也亮堂。其实孩子生下来时起名叫山狗子。山里人确信，给小孩起一个贱一些的名字好养，活得也顺当。等山狗子可以撒开腿跑路了，父亲摸着孩子的头说，改个名吧，将来上学了得有个顺溜的名号。这样，当初襁褓中的山狗子变成了地下滚、桌上爬、房前屋后乱窜的福娃。

　　福娃的家在一片连绵的大山深处。一幢破旧的青瓦房，孤零零坐落在半山腰。一家四口人，除了父母亲，还有一个哑巴舅舅。父亲算得上一个能工巧匠，既是石匠，又是泥瓦匠。他常年翻山越岭吃百家饭，眼光活络，处世精明。母亲是一个典型的山里女人，淳朴、勤快，对儿子慈爱，对丈夫百依百顺。哑巴舅舅住在偏房，一年四季泡在山脚那块地里，每天无语无声。父亲隔些日子就要回趟家。每次回来都要带一些山货和满脑子的逸闻趣事。在福娃的记忆里，饭桌上他经常咧着嘴大笑，说到有趣的事，母亲用她捏着筷子的手捋一下头发，也跟着轻轻地笑了。父亲大笑的时候，舅舅就停住嘴，眼神空洞地朝父亲望着。

福娃四岁那年刚过完春节，父亲就挑着一副担子，顺着山路和那些南下打工的一帮人走了。一年后，母亲也随着父亲外出了。福娃还记得，父亲回来接母亲的几天里，好像有什么大事要商量。他们在东边的偏房里，半掩着门，压低声音叽叽咕咕，每当福娃闯进去的时候，他们却又是一副欲言又止的样子。后来，父母又和舅舅长时间说些什么。他们的谈话是在一片咿咿呀呀声中借助着手势艰难地进行的，交流的双方都付出了极大的耐心，舅舅先是憋红着脸，脖子上青筋暴起，手势夸张，直到后来他的情绪完全平息下来那场交流才得以结束。

父母亲远行前把福娃带到小镇上，给了福娃一个巨大的惊喜。福娃骑在父亲背上一路好奇地俯视熙熙攘攘的人流，一边不停地咀嚼各类糖果点心。福娃两只小腿不停晃荡，得意扬扬，囫囵吞枣大饱口福。他甚至没有时间仔细分辨那些糖果点心之间的口味差别，因为父母亲每从一个店铺里出来都要把他手里塞得满满的。五岁的福娃是第一次走出山里，镇上的一切都令他新奇。穿梭的车辆、亲密无间的房屋、琳琅满目的杂货水果摊点，让他目不暇接。他觉得居住在这个镇上的人无比幸福，因为他们每天都可以出入于各种店铺大快朵颐。福娃的收获除了一大包糖果点心外，手里还多了一把电子冲锋枪。一扣扳机，红灯闪烁，发出噼噼啪啪悦耳的连击声。福娃兴奋地抱着枪，走到哪儿哪儿就响起连绵不绝引人侧目的枪声。

父母还专门把福娃带到了刚开学不久的镇上学校。福娃牵着父亲，站在操场边上，有些拘谨地向追逐嬉闹的孩子们好奇地张望。

满操场都是学生。一窝女孩子在跳绳。另一大拨男孩在疯狂地抢夺一个大的圆皮球。他们总是试图将那只皮球投进悬挂在一大块旧木板上的铁筐里去。一个胖墩墩的男孩骑着一辆自行车，围着操场的边缘风驰电掣般飞奔，急促的铃声叮叮当当一直响个不停。福娃的视线始终追逐自行车飞奔的轨迹，看得目瞪口呆。球场上那只失控的皮球滚到福娃脚下，被父亲用脚踩住了。一个精瘦的男孩跑过来，试探地摸了一下福娃挎着的枪，讨好地将球递给福娃说，小弟弟，拍一下！这时，教学楼的走廊里摇起了清脆的铁铃声，不到一分钟操场只剩下福娃一家三人。

喧闹像一阵风吹过，四周空荡荡寂然无声。不一会教室里传出整齐而又稚嫩的读书声。父亲抱起福娃说，再过几年我们的福娃也该来上学了！想不想来上学？福娃羞怯地说，想。父亲说，等我和你妈出去赚了钱，就搬到镇上来，供你天天上学好不好？福娃朝学校望着，琅琅读书声一阵一阵传过来，异常激越地冲刷着他的耳膜，让他心跳加快，他毫不犹豫连连点头。

福娃一晃都满九岁了。九年来，他像一只圈养的小动物，蜷缩在山腰的老屋没有挪窝。那次小镇之行，也只不过是圈养式生活中的一个小插曲罢了。

自从母亲也随父亲外出打工后，福娃感觉像条水缸里喂养的鱼，忽然被抛进大湖里，一切都变了样。原本有说有笑的四口之家，一下子少了两个活生生的人，屋子里顿时荒凉了许多。舅舅照顾福娃的起居，但他仅仅担负了母亲角色中洗衣做饭的内容。让福娃始料不及的是，一开始两个人的相处是那么困难。最头疼的就是他们无法准确领会对方的意思。饭端上桌了，舅舅比画着让他拿汤匙，他从厨房拿来锅铲，他要吃煮鸡蛋，舅舅在厨房倒腾半天，却端上一碗没剥皮的熟土豆。类似的误会接二连三发生。福娃心生抱怨，嘴里则大声嚷嚷，惹得舅舅心烦气躁，一个劲对他翻白眼。有时福娃撒娇任性，舅舅非常恼怒，憋红了脸扬起巴掌要打他。福娃明显感到舅舅的巴掌扬起来和父母亲那种象征性示威手势有着本质的不同。他觉得一种实质性的惩罚潜伏着，随时都可能爆发，他只好把怒气憋着。平常，舅甥两人一个有话没法说，咿咿呀呀让对方不知所云，另一个说话没人听，噼噼啪啪说一大串，就像沙子撒到棉被子上，没有回应。渐渐地两个人都很少搭理对方了。屋子里出现了从未有过的安静、冷落。山林本是静的，原先没有太多的感觉，现在和屋子里的静互相应衬，那种静就好像深得探不到底了。

福娃天天无所事事坐在屋檐下的石阶上发呆，感觉日子过得很慢。日起日落的节奏似乎比原来放缓了许多。越是盯着日头看，就越觉得它像山坡上贪吃的羊，在草丛中扎下头就不肯挪动步子。四周一片静谧。偶尔有几只大鸟从屋顶飞过，一转眼又消失了。在这种无所事事又特别宁静的气氛中他时常想起小镇的喧闹。那些片段、场景以及点点滴滴的感受在福娃的心中生了根，发出了嫩芽。在相当长的一段时间里，他就靠拨弄那些关于小镇记忆的碎片来消磨时光，而且一度成为他乐此不疲的游戏。这种游戏不需要动手费力，只是微闭着眼，就可以在脑海里展开一个漫无边际的空间。刚开始时，他的回忆快速而又混沌，没有条理。那次到镇上的场景，不一会就在脑子里纷乱地闪回完了。睁开眼回到现实中，山峦、树木，停滞的日头，一切如旧。经过长时间的琢磨，他终于找到了一个窍门，他把小镇之行按照出门和回家的顺序，沿着时间的线索进行排列，这样就避免了那些碎片一窝蜂似的涌上脑门。这种有条不紊慢条斯理的梳理使那些碎片具备了连绵不断和细腻的特质，一些令他甜蜜、自得的感觉，一些令他好奇、疑惑的见闻，都像泉水一样汩汩流出来。这给他带来了快乐。

这种快乐常常被福娃有意放大。无论是夜晚难以入眠、早上赖在床上，或者坐在石阶上发呆，他都徜徉于对小镇的美妙幻想之中。他把自己想象成小镇的一员，早上沐浴东山顶上那片阳光，走进那个香气四溢的小面馆。那是父母亲带他去过的。上次那碗放了几个红辣椒的香喷喷的牛肉面把他的肚子撑得像个小南瓜。他还清楚地记得，他把面汤喝得一滴不剩，把碗舔了个底朝天，完了他还打了一个粗声粗气的饱嗝，那声音像是从肚子里冲出来的，显得有点怪异，父亲说那声音像一头小牛崽的叫唤。以后就好了，以后他每天早上都要在面馆发出那种满足的哞叫声。不仅如此，小镇还有许多别的好吃的东西，他要随着一天天长大，把那些东西吃个遍，不过以后要细细品尝，再也不能像以前那样粗枝大叶了。

当然不能光想着吃。小镇上新奇的东西多得很。比如上次那支电子冲锋枪就别具一格，精致漂亮，相比之下父亲那杆铁铳就太土气了。电子冲锋枪打不死兔子，对小鸟都无可奈何，它毕竟只是一个玩具，但它带给孩子的乐趣却是任何实用的东西都无法取代的。最奇妙的是里面的电池和闪烁的灯光，两件看起来毫无关联的东西凑在一起却能产生意想不到的声光效果。在从早到晚房前屋后不间歇的噼噼啪啪声中，冲锋枪没折腾几天就哑了火，灯也停止了发光。父亲说是电池的寿命到了。难道电池也会像山里的老人，一天比一天衰老，然后无可挽回就那么死去？这真是一件费解的事。类似的事情很多，比如那个胖小孩骑的自行车，它那风驰电掣的速度让人着迷，它被人骑着时倒不了，停下来却要架子撑着，当时福娃在目瞪口呆中还细心观察到那个小孩用脚立下了那根细小的铁支架，这里面到底暗藏什么玄机？福娃兴冲冲把这些问题甩向父亲，父亲一听很惊诧，马上又得意起来，他笑而不答，在福娃的再三追问下却答非所问，说道，等你上学吧，上学了自然会明白里面的道理的。似乎上学后一切疑惑都可以迎刃而解了。父亲这种含混的回应让福娃很不满意，但却激起了他对上学读书的向往之情。

回忆所带来的快乐是短暂的，就像一弯彩虹，看上去美丽无比却无法长留。但福娃心中旋即升腾起另一种期待，那种期待很温馨，像水波，一片一片在心中荡漾。父母临走前反复说，等攒够了钱，就搬迁到镇上去住，让他安心上学读书。父母的承诺在福娃心中催生出强烈的渴望，让他每天都急切盼望父母尽快回来搬家，他想起镇上那些毗邻的房屋，以后那里面又要添一个友善的新邻居了。在不久的将来，福娃就要端正地坐在教室里，伴随着读书声长大，或许有一天，他还要走出这深山，就像那些大鸟，飞越一座座山峰，去寻觅理想的栖身之地……在父母外出的最初岁月，美妙的想象和温馨的期待填补了福娃心中那块空白，让他能苦苦支撑下去。或许父母当初就是这样料想的。想想也是，与将来的美好时光相比，眼前的焦急等待又何足挂齿呢？

然而，任凭福娃怎么苦苦等待，却盼不到父母的归期。一晃四年过去了，当年虎头虎脑的小福娃消瘦了，身子长高了，衣服也显得很短促。山坡上的野花开了谢，谢了开，寒来暑往，日子过得滴水穿石般漫长。现在，福娃和舅舅再也不是针尖对麦芒。福娃曾经挨过一顿痛殴。那次舅舅把一锅山芋头煮糊了，煮煳的菜猪都不乐意吃的，福娃当然不干。舅舅强行给他盛了一碗让他吃，他觉得委屈，很生气，当着舅舅的面摔破了那只花瓷碗。舅舅的拳头没有迟疑就落在他身上。福娃从舅舅猛烈的拳头中感受到了肉体惩罚的分量。他在抽泣了一宿后，终于明白今非昔比，人在屋檐下，想不低头都不行了。以后每当舅舅憋红脸开始叽哩呱啦他就变得顺从起来。挨揍的教训使他不得不收敛起被父母宠出来哄出来的犟脾气。他变得善于察言观色，心细如丝，也变得更加敏感。他老是觉得舅舅故意在山脚那块田地磨蹭，以便更多地把他冷落在家里。现在他看起来懂事多了，主动给舅舅当帮手。舅舅炒菜，他蹲在灶口一把一把添柴，吃完饭，他主动把盘子碗端进厨房洗。两个人经过长时间磨合，终于形成了一种貌似平和的格局，在这种以隐忍为代价形成的格局中福娃感到更孤单憋屈了。

他已经记不清有多少次爬到后山的卧石上极目眺望。后山坡原本有一块庄稼地，后来封山育林，种上树苗，就成了一大片青草坡。坡顶上有一块床一样大小平展的卧石，平时福娃把它当石床，也是他最喜欢的去处。每当他心里憋闷的时候，就攒足了劲，站在卧石上，仰起头，向天空发出一声长长的吼叫。顷刻，尖叫声射向山谷。紧接着他又吸满一肚子气，继续狂吼，似乎要用一阵紧接一阵的吼叫声去撼动那些山峰，或者引发一件意想不到的事情发生。可是山峰摆出一副岿然不动的样子，只是随意给了几个回音，便任由那些尖锐的童声慢慢向远山隐去。福娃感觉到徒劳，也很沮丧。

使劲吼叫让他疲惫不堪，他停下来，大口大口喘着粗气，直到涨红的脸慢慢恢复了原色，他又无奈地坐下来，继续呆呆地向着南方眺望。

山脚下，那条崎岖的小路蜿蜒南去。福娃就是从那条小路第一次去镇上，他的父母也是顺着这条小路消失得无影无踪的。福娃总觉得那条小路像一根巨大的绳索，这一头连着他，另一头连着小镇或者更遥远的地方，时不时牵扯着他心里的什么东西，让他寝食难安。曾经有一段时间，眺望成了他的日常功课。吃完饭后，他就爬上石床，眼睛来回扫射着那条小路，像一个猎人搜寻猎物一样专心致志。他静静守候，屏住呼吸，时刻等待猎物的出现。他相信总会等到那一天，父亲摇摇晃晃的担子会在草丛中冒出来，后面跟着归心似箭的母亲。在长时间的观察中他积累了丰富的经验，也获得了一个猎人所需要的镇定自若的禀赋。最初，一阵急促的山风吹弯一丛窝草都让他心跳，以为有人会从草丛中突然现身，现在一只兔子的动静都骗不过他的锐眼了。在这样的眺望和守候中他又反倒嫌日头移动得太快，似乎日头一不小心就摔了个跟头，骨碌骨碌就滚下了山。好几年过去了，这条小路上除了舅舅从地里归来，偶尔还有牧羊人赶着羊群经过以外，就再没有其他的身影出现。每当夜幕降临，暮霭四起，舅舅又敲响那只破铁脸盆呼唤他回家时，他就明白，一天的等候又结束了，他像一个辛苦的猎人，搜寻了一天，空手而归。他的心情随之和天色一样黯淡，眼泪也不知不觉掺和着头发上的水珠一起滚下来。

现在福娃再也不玩那种闭目遥想小镇的游戏了。那些记忆的碎片像墙上的白石灰，经过天长日久的风吹雨淋，早已失去了当初鲜活的色彩。再去重操旧梦实在是兴味索然。那些美好的期望，父母的承诺，随着他们这些年杳无音信渐行渐远。他无法理解为什么父母还不回家，甚至几个春节都不回来看一眼。这个问题在福娃的脑子里纠结缠绕，挥之不去，几乎占据了他所有独处的时间，使得过去那些因回忆、幻想所激发的种种热情都烟消云散。他自言自语地念叨，在脑子里默想，直到头昏脑涨也找不出一个清晰的答案。屋子里的一切东西都残留着父母的印记，看到它们，更容易牵引出那些解不开的疑惑。只有跑到屋后的林子里没头没脑转圈圈的时候，他好像才能够分点心。其实树林里也没有多少能够转移他注意力的东西。只有那些鸟巢能够提起他的兴趣。他蹑手蹑脚小心翼翼偷窥树上的鸟巢。当寻找到有雏鸟的鸟窝，他就默默数着小鸟的父母出窝归巢的次数。他发觉它们每次归巢，总要先围着鸟窝盘旋几圈，扑愣着翅膀，叽叽喳喳，鸟巢里的小家伙应和着发出欣喜的鸣叫，看到这种其乐融融的景象，福娃有时候恨不得一阵大风吹来，把鸟窝掀翻在地自己心里才痛快些。他在树林中穿梭的时候，偶尔也会心生妒意。一排又一排的树木相互守望，经年累月不离不弃。特别是福娃看到那些从大树的根部窜出来的小树苗，被大树所庇护，拔节而起，睹物生情，常常在心里恨恨地想，那些小树也比自己有福气多了。

　　不知是哪一天，或许是某个电闪雷鸣的夜晚，或许是一次石床上的眺望结束之际，一个令福娃心惊肉跳的念头蹦上脑门：是不是父母抛弃他，再也不回到大山里来了？这个念头猝然冒出，让他心口顿时一阵阵抽紧，浑身冰凉、瘫软。他没想到苦苦思索的问题竟然有了这样一个伤心的结论。他在疑疑惑惑中把这个结论反复揣摩掂量。他不愿意相信，更不敢沿着这个结论往深处想。但这个结论却老是十分顽固地冒出来，就像水缸里的葫芦，按下去又浮起来。他猛然意识到，那几天父母神神秘秘的商量以及和舅舅争吵般的交谈，就已经决定了他的命运，是的，很有可能父母把自己留给了舅舅。舅舅没有孩子，让自己当舅舅的儿子于情于理都是说得过去的。难怪舅舅近来脾气没有原先暴躁，好像变得慈爱多了。

这个偶尔获得的结论有如风云突变，在他心中布下重重阴云。他开始变得心灰意冷，而且陷入了一种长久的惊恐包围之中，让他不能自持。白天还勉强可以支撑，每到夜晚，他躺在床上，睁着大眼，脑子里一团糟，甚至整夜整夜失眠。即使偶尔睡着一会儿，各种奇怪的噩梦就一个劲向他袭来，把他惊醒。屋顶瓦片发出的轻轻响动，窗户上塑料纸发出的窸窸窣窣的声音都使他害怕。他想哭，但他不敢哭出声，他怕他的哭声招来什么不祥的东西。只有在白天，那种恐慌的情绪才会减轻一些。在天气晴朗的时候，他爬上后山的石床上，再也不那么专注地眺望了，他一想到父母的狠心，就忍不住号啕大哭，哭得毫无顾忌，撕心裂肺。哭累了，他就软软地躺在石床上昏睡半天。

在一个晚春的上午，山林里暖洋洋的，福娃又在石床上睡着了。在睡梦中他嗅到了嫩草青涩的味道，以及微风中夹杂着的野花的芳香。母亲悄无声息来到他的身边，轻轻把他抱在怀里，微笑着握住他的手。福娃明显感觉到母亲的手发出一种恰到好处的温柔的力度。母亲勾下头，轻轻亲吻着福娃，并用自己的脸贴着福娃的脸颊轻柔地摩挲着。福娃早已感觉到母亲飘然而至，他故意摆着一副假寐的姿态，这样他就可以尽情享受母亲的亲抚了。母亲的怀抱温暖舒适，浑身散发出一种久违的类似乳汁般亲切诱人的气息。这种气息丝丝缕缕往外渗，不一会就排山倒海般氤氲开来。福娃先是用鼻子使劲呼吸，接着他的身上每一个毛孔都奋力张开，贪婪地吸附，就像久旱后皲裂得伤痕累累的土地肆无忌惮地吸收一场突如其来的雨露一样。这种滋养等待得太漫长了，在福娃的心里，似乎经历了沧海桑田般的历程。福娃倏地伸出双手，一把紧搂着母亲，哇的一声大哭起来，接着是一阵猛烈的抽泣。这回他很清楚，自己不是因为痛苦或者害怕而流泪，而是一种幸福自天而降的喜极而泣。

福娃让自己的抽泣声把自己弄醒了，睁开眼一片茫然。阳光金灿灿洒在石床上。福娃发觉自己双手正搂着一只白色小羊羔，一个老头安静坐在石床的另一头望着他。几只羊在坡上悠闲觅食。他忽地坐起来，迅速把羊羔搂在怀里。老头问他话，他不答。他把羊羔越搂越紧，脑子一片空白，身子一动不动，眼睛虚虚地望着远方。

那老头吧嗒吧嗒抽着一管旱烟，抽完一管，又抽上一管。太阳已经爬上头顶了。老头在石头上轻轻磕了磕铜烟嘴，低声咕哝了一句，这傻娃儿，发了好几个时辰的呆了！

福娃迎来了一个意义非凡的夜晚，因为好些日子福娃都没有睡得这样安稳踏实了。他盖上被子没多大一会，一股浓浓的睡意就俘虏了他。睡梦依旧纷至沓来。以往噩梦连连，压得他喘不过气，这回他的梦却是另一番图景。他梦见了山花遍野，蝶舞莺飞，他梦见了溪流淙淙，羊哞鸟鸣，他还梦见了自己像一只山鹰，从石床上起飞，掠过所有的山峰展翅翱翔。天空辽远，他的视野他的内心都无比开阔。那些梦境里没有熟悉的人和事，没有完整的情节和逻辑关联。只是一些场景，一些画面，色彩绚丽，斑斓鲜亮，断断续续一片又一片，像薄雾在林中穿行，轻盈缥缈，温馨怡人。在这样的梦境里酣睡，福娃算是真正享受了一次身心愉悦的安眠。

赶羊的老头第二天抱着羊羔在山坡上出现的时候，没想到孩子已经焦急地守候了。福娃一直站在石床上伸长了脖子四处张望。当羊群转了一个弯，映入他的视线的一瞬间，他跳下石床，箭一样冲到老头的跟前。他不由分说把小羊羔抱在怀里，像一个母亲夺回自己的婴儿，口里还喘着气，呼出的热气噗嗤噗嗤落在羊羔的绒毛上。

从昨天的观察中老头已经感觉小孩有些怪异，今天也就见怪不怪了。山坡平缓，野草茂盛，满目苍翠，几只羊散开，吃得很专心。孩子一声不响，抱着羊羔在草坡上来回走动。一会儿用手轻轻拍着，像要哄它入睡，一会儿又俯首聆听，像是要听清蠕动的羊嘴里那细微的声音是什么含义。抱累了，他就找个地方坐下，依然把羊羔抱在怀里。孩子的一举一动像一个母亲，有时候又像一个带小弟弟的姐姐，透出女性的纤细与柔和。老头在心里暗想，难得如此温存灵巧，把一只羊都伺候得有模有样，长大了一定是个养儿育女能干持家的好手，只可惜是个男儿身，要是个女孩，嫁给哪家哪家福气不浅呢。老头这样想着，就忍不住问他几岁了，问他叫什么名字。他不回应，只是将眼神扫过来，算是作答。这下老头心里明白过来，他再也不发问了，再问也是白问。一个聋哑孩子，既不能听，也不会说，问他有什么用处呢？

又是大半天过去了，孩子兀自抱着羊羔自得其乐。有时候弯下腰，采些野花，搁在羊羔头上。老头看看小孩的背影，扭过头，叹口气，眼睛有些发涩，好像有泪要出来。他马上顿了顿，吧嗒吧嗒把烟管抽得更响。羊羔在孩子的怀里躁动起来，发出的声音不大，但还是被那只吃草的母羊捕捉到了。母羊扬起头，发出一长串咩咩的叫声。老头放下烟管，走到小孩跟前，一边比画一边对小孩说，小家伙要吃奶了。小孩显然明白老人的意思，他把羊羔递给老头，看着老头把羊羔送到母羊身边。小羊羔跪下来，伸出尖瘦的小嘴，飞快嘬起来。它嘬得专注热烈，全然没有理会到孩子那兴味十足的眼神。

母羊待羊羔吃完奶，又转身去吃草了。这回是老头主动把羊羔递给小孩的。孩子从羊羔嘴里嗅到了一种似曾相识的强烈气味，顿时有一股奇异的感受遍布周身。他的头和羊羔的嘴贴得更紧了。老头又去拿了烟管，往烟锅里添烟丝，当他划燃火柴准备点烟时，听见孩子朝他惊喜喊道，羊说话了，羊说话了，我听见了！

从此以后，福娃每天都在坡口等待老人赶着羊群到来。老人其实心里很清楚这一点。老人的家在另一座山口。赶着羊绕一座山，羊累，人也累。好在那些羊非常温顺，温顺得让人心疼。他知道自己舍近求远有些自讨的味道，只是委屈那些羊了。现在是青草茂盛的季节，随便找个地方就能让那些羊填饱肚子，那天他把羊群赶过来只不过是想走得更远一些，避开原来那块放羊的地方，不知是他赶着羊还是羊领着他，顺着小道就来到了这片青草坡，当时老人看到石床上泪痕满面的福娃，心想，碰上这孩子，算是一种机缘吧。

这些日子老头不断回顾自己一生。他年轻时顺顺当当。后来娶妻生子，慢慢变老，日子过得也算是平稳。前几年老伴撒手归西，像一片枯萎的老树叶，一阵风呼啦啦吹过，就飘落下来。他没有感到意外。他明白自己已日暮西山，也会有落叶归土的那一天。老伴倒是走得安逸，没有什么麻烦事纠结她的晚年。轮到自己该去向阎王爷报到了，却要把今生欠下的一笔无法还清的债带到来世去。他想到那天孙子假如不到悬崖边上去看那头母羊，假如在那个要紧的关头他不打盹，一切都不会发生。他后悔，肠子都快悔青了，但世上哪儿能找到后悔药呢？儿子媳妇出去打工挣大钱，图的就是要把日子过得好一些。本来他的骨头还算硬朗，或许会多摊上几天好日子，可现在却欠下儿子媳妇一笔大债，这笔债太沉重了，一座山的重量也不过如此。儿子媳妇虽然好几年没音讯，但他们总是要回来的。这样一种令人伤心欲绝的结果，即使他们最终容忍得了，自己这张老脸也无颜以对。他想到了一种最简单的了结方式，他无数次起了这个念头，但又在犹犹豫豫。他像在两山中间的铁索上凌空而立，进退两难，摇摇晃晃，命悬一线，脚下是万丈深渊，只要出现某种小小偶然的因素，一阵意外的山风袭面，或者一闪念的决定，都可能成全他那残酷的意愿。老人度日如年，又好像在被动中等待什么。不过他决心已定，当他的儿子媳妇突然出现在他面前时，他了结的那一刻就到了。

每天跟福娃厮守在一块，他心里又亮堂了些。老人那颗心布满伤痕，尘封已久，现在开始松动，露出一道道缝隙，那些晦暗沉沦的情绪顺着缝隙排遣出来，整个人就轻松些了。有时候，孙子的影子不经意间又在心里复活，影影绰绰牵着他悲伤地怀想，他试图阻止自己。那种由此及彼无端冒出的怀想伤人肺腑，把他击得恍恍惚惚，让他倍感无助。无助的还有眼前这个孩子，每天守着大山，孤寂、落寞，就连一只羊羔的温暖都足以填满他的心田。想到这些，老头心中涌出一股怜悯之情，不断洇散开来，渐渐在他悲伤的情绪里占据了上风。虽然他越来越虚弱，两条腿很沉，翻山越岭很吃力，但一种强烈的愿望驱使他每天都想来，如果哪天因为什么事情耽误来不了，他就觉得亏欠了小孩。

福娃逐渐恢复了活泼的天性，在山坡上跳来跳去，在草丛里打滚。小羊开始试着吃草了，他趴在小羊的旁边，兴趣盎然看着小羊咀嚼的样子。小羊似乎也很乐意身边有这样一个伙伴，偶尔用鼻子嗅嗅他，显得很亲昵。他的话明显多了起来。就像一潭水蓄过度了，一旦开了一个口子，白汪汪的水就哗哗流个没完没了。老人的话不多，尽是福娃像春鸟一样在耳边聒噪。福娃忘形地牵着老人的手，一会到树林里，一会坐到石床上。老人任由他牵着，静静地听。那些没头没绪的话，听起来也很受用。老人的心活泛起来了。阳光射进树林里，穿过缝隙在地上映出许多斑驳的光影。老人感觉到有那么一两片光影也掉进自己心里，暖暖的，在融化一些什么东西，让他忘却一切，沉浸在一种不由自主萌发的恬静温馨的情绪之中不能自拔。他放纵、怂恿福娃那种忘情的絮叨，因为这对于两个人来说都是一种求之不得的享受。在福娃的脑海里，那些有关小镇的记忆又回来了。他津津有味向老人复述那些曾经让他难以忘怀的片段。有时候，一刹那间，他停住嘴，像一个书童背诵课文一样，微闭了眼，思索自己到底漏掉了哪个细节。读书的念头又在他心里复苏，像一朵花蕾倏然绽放。他躺在老人的怀里，腼腆地向老人说出读书的愿望，然后就不好意思笑起来，老人也会心笑了，俩人的笑很温润，柔柔的，融进一片灿烂的阳光中。

一个大雨如注的夜晚，隆隆的雷声隐隐四起，向老人居住的山头涌来。横亘天际的闪电勾人心魄，瞬间照亮崇山峻岭。瓢泼大雨过后，小雨淅淅沥沥下个不停。老人在一阵从未有过的惊恐后迷迷糊糊睡着了。他先是梦见孙子坟头上的细土被雨水冲刷流走，后来他又梦见儿子媳妇慌慌张张扒上一节火车。那好像是一辆飞奔的煤车。儿、媳两人在翻滚的煤灰中蓬头垢面。儿子搂着瑟瑟发抖的媳妇大叫，扛着点，扛着点，三天就能到家了！

雨停了，闪电无声，屋子里倏明倏暗。老人被梦惊醒，披了件单褂坐起来，梦中的一切似乎在山水相隔的某一处实实在在发生着，真幻难辨。老人在心里说，来吧，该来的尽管都来好了。他像吃了一颗定心丸似的，什么都不去想，心思空空地坐着，冷静得像搁在雪地里的一块铁。

天刚亮，他就上山割了一大堆干净的青草放到羊圈里。他把房前屋后仔细打扫一遍，把孙子剩下的衣服一件一件叠好，摆在那张小床头。他把老伴留下来的一根银镯子，还有一沓皱巴巴的五元十元钞票，用一个塑料袋装起来，放到儿子房间的抽屉里。做完这些，他环顾四周，确认把该做的事都做得差不多了，就到羊圈里抱起那只小羊跟跟跄跄往镇上走去。上次那个商贩给他吩咐过，要卖羊就带些小羊来，现在市场上小羊走俏。

第二天，老人跟在羊群后面向青草坡走去。一路上气喘吁吁，汗如雨下，整个人都快虚脱了。一只崭新的书包背在背上，感觉很沉很沉。老人感到很奇怪，背着一只书包怎么会比抱着一头羊更吃力呢？书包里装着一把五颜六色的铅笔，一只黑色钢笔，一摞空白作业本，一个水壶，还有几本小人书。学校旁边文具店那个小姑娘蛮机灵，她盯着老人手里的百元大钞，听说老人要给孙子准备上学的物品，赶紧给老人拿这拿那。一只活生生的羊的价值，不一会儿就体现在书包里一堆杂七杂八的东西里面。老人知道这是自己了结之前要做的最后一件大事了，所以他特别精心。他详细问清楚那些文具的用途。最后，老人还特地挑选了一个塑料壳的羊型卷笔刀。他断定福娃会爱不释手。他期盼福娃每天用刀削那些五颜六色的铅笔时，会情不自禁想到他，怀念他。只要小孩一想到他，他就会在九泉之下感应到的，那样他也就很知足了。

福娃依旧在山口等候，显得比以前任何一天都急切。老人把书包的东西在石床上摊开来给他看时，他显得异常兴奋。不过这次他不像以前玩冲锋枪那样逞一时快意，而是边看边小心翼翼把那堆东西收拾到书包里。

过了一会，福娃终于发现有些异样，他问，那只小羊呢？没等老人回答，他又追问，神情有些紧张。

老头说，羊卖了，换了这些上学要用的东西，老人指了指书包。

你怎么把它卖了？福娃瞪大了眼睛。

你怎么能把它卖了！福娃胀红脸，捏紧小拳头喘着粗气。他一把抓起书包，一口气把里面的东西撒得遍地都是。他哇的一下哭起来，跺着脚着向老人讨要自己的羊。老人愣在那里不知所措。气恼至极的福娃狠狠在老人胸前捣了一拳，拔脚转身向山坡下冲去，边跑嘴里边发出伤心的吼叫，你是一个坏蛋，你也是一个大坏蛋！

刀　痕

村主任领着一个微胖的汗流浃背的中年警察爬上山，来敲梅子家的门。门虚掩着，村主任用指头敲了几下，喊道，梅子，梅子！无人答应。村主任换成手掌猛拍，梅子，梅子她娘！

梅子娘从屋后走出来，看到村主任和警察，猛地打了一个冷激灵，说话声音有点哆嗦，村主任……是找梅子？梅子还没下学呢！

此刻，梅子还待在十里以外山脚下教室里，正趴在一张裂了缝的课桌上无精打采地发愣。

教室在六月毒辣阳光的烧烤下，像旺火上的蒸屉，热气腾腾。太阳贴着屋顶慢慢地西移坠落，此刻正好落到教室侧窗的中间，一束刺眼的金光穿过窗帘的一个圆洞射到黑板右下角的缺口上。这时，学校响起一阵沉闷的手摇铃的叮叮当当声，宣告一二年级一天课程的结束。紧接着就是学生们作鸟兽散的稀里哗啦的响声。低年级学生放学时，高年级学生就大声朗读起课文，似乎要以高亢的读书声顽强地抵抗那些调皮的小孩很难收敛的嘈杂声。

学校这种煞费苦心的课程安排是出于对低年级学生的安全考

虑。耍单的小孩匆匆背着书包踏上归程，他们要抢在天黑前回家。约好和高年级同学结伴而行的小孩，或者待在教室里等待，或者到操场外的树林里捉知了玩。梅子从上学的第一天起，就由邻居惠子姐陪伴晨出暮归。惠子十四岁，正读六年级，她把照顾二年级的梅子当作了一种义不容辞的责任。每天放学后，梅子按照惠子的规定，静静地待在教室里做作业，等待惠子姐一起回家。不过曾经有两次例外，一次是梅子刚上学不久，放学后经不住班上同学的煽动，在山坡下穿林钻洞捉迷藏撕扯掉了一只袖子，一次是跟班上另外一个女生偷偷比赛爬树摔伤了胳膊。这两次出格的行为遭到了惠子的严厉呵斥。以后小梅子就变得乖顺了，一心一意在安静的等待中完成作业。偶尔，她会竖起耳朵聆听隔壁惠子教室里的读书声。她几乎可以毫不费劲就能在一片杂乱的读书声中分辨出惠子熟悉而又亲切的嗓音。

太阳继续默默地西坠。此时教室似乎比任何时候都显得闷热难耐。梅子的背上，额头和两只手臂一阵阵沁出汗珠，梅子内心的烦躁也像密密匝匝的汗珠泛起了又消失，消失了又泛起。一切都源于早上和惠子那场似是而非的争吵。严格地说，那算不上争吵，只能算得上没有结果的对话。一个要问个究竟，另一个死活不开口。两个人都有点莫名其妙地憋心赌气。憋着堵着两个人之间就堵出了一片隔山阻水的堰塞湖。惠子虽然在隔壁教室却一天没来找梅子，甚至都不肯过来在教室门口露个脸。惠子这种一反常态和刻意的躲避令梅子不知所措，也让梅子有些心神不宁。梅子左等右盼都没等到惠子的半点踪影，烦躁和恼怒在一点一点滋生，她也赌气躲着不去主动找惠子。在僵持中梅子感到有一种莫名的委屈。下午开始，梅子的心里松动些了，她格外关注那束金色耀眼的光的移动，暗暗祈祷当那束光射到黑板右下角缺口的时候，惠子会突然出现在眼前。然而，直到教室空空荡荡只剩下梅子一个人的时候，梅子的期盼终究没有如愿。梅子浑身无力一屁股坐到凳子上，眼泪夺眶而出。

太阳依旧炙热。操场上偶尔传来几声小孩嬉戏时的呼叫。梅子今天一点做作业的心情都没有。她心有不甘地继续把注意力集中在探究惠子的动静上来。她屏住神聆听隔壁的读书声。但一直都没有捕捉到惠子的声音。平常，惠子那种特有的音喉似乎专门在向梅子展示，但今天却沉寂无声，这更加重了梅子对惠子刻意躲避的猜想。那种先前就有的若隐若现的恼怒油然而生，随后像山坡上的野火，燃起一大片。梅子猛地撅起嘴，愤而提起书包，一下子冲出教室，奔向后山。

梅子在崎岖的山路上快速地奔跑。这种不停的奔跑多少显得没有来由，但梅子就是不想停下来。似乎要累个痛快脑子才轻松些。梅子浑身都湿透了，她感觉呼出的热气不断地带出腹腔里的水分，口异常干渴，上气不接下气。直到她跑到一个山坳的一块平整的石头旁，喘了半天气，才缓过劲来。

早上上学时，也就是在这块石头上，她们俩坐下歇会儿。她们每天来回必在这里歇歇脚。这是她们轻松的一刻，讲讲笑话，或者东扯西拉说一通，然后继续上路。然而，这个早晨的惠子神情并不像往常一样轻松。她神情凝重从石头上站起来，背对着梅子说，我不想读了，想出去……梅子怔住了，一下子没回过神来。惠子又重复了一遍，声音听起来异常沉重。梅子惊愕地问，不想在这里上学了？惠子点点头。梅子站起来面对惠子，急切地追问，去找你爸妈？惠子咬着嘴唇，想张口，又没说。梅子追问得更急，是去远处读书？是去打工？还是去找你爸妈？你说呀！梅子急切地想从惠子口中得到一个答案，但惠子抿着嘴依然不出声。梅子被这突如其来的决定击懵了，她望着远处怪石嶙峋的山崖，望着寂静的崎岖的山路，忽然有了一种即将被遗弃的感觉。惠子拧紧双眉，两眉间拧出一个川字来。惠子说，昨晚姑姑来了，和我……我们吵架了！惠子显得很激动，鼻子里重重哼了一声。梅子问，为什么？惠子喘着粗气，显得异常烦躁和愤懑，不说了，一句话说不清的，烦死人了！哼！梅子还要继续追问，惠子的嘴唇抿得更紧了——这是惠子一种习惯性表情，这时候，纵使用铁棍也难把她的嘴唇撬开。梅子简直要哭出来了，她恳求惠子别丢下她。惠子依然一言不发。梅子一把紧紧拽住惠子那手背上有两道深深刀痕的左手，但被惠子猛地挣脱了。梅子觉得这个手势暗含着绝情的意味，一下子陷入绝望的境地，她带着哭腔说，你可不能丢下我不管啊！可惠子没有任何反应，站在那里一动不动。被激怒的梅子嗔怒而又任性地叫喊，你怎么能丢下我不管?! 我就是不许你丢下我！

　　追溯起来，梅子和惠子的友情应该是从梅子被拐卖到这个山村的第三天开始的。梅子还不到两岁时，就随着父母远离家乡来到南方一个城市的农贸菜市场蜗居。咫尺之间的菜摊成了父母在这座城市的立足之地，熙熙攘攘的农鲜大市场也就自然成了小梅子嬉戏游玩的娱乐场。那时候小梅子走路摇摇晃晃，口齿也还不是很伶俐。但这并不妨碍她穿梭于各种摊位中寻找感兴趣的摊主对视，挤眉弄眼，学舌，扮鬼脸。她不断受到摊主们善意的诱导，用稚嫩的童音喊出叔叔伯伯爷爷奶奶，几乎很少把长者的辈分喊错，由此博得了机灵乖巧的名声以及糖果或者水果的奖赏。她自由来往于菜贩子摊位中，沉溺于只有她自己才能理解的乐趣，同龄小孩常见的怯场和认生已经被她在东游西荡中洗刷殆尽，这也不知不觉为她的不幸埋下了伏笔。终于在三岁时初秋的一天，她为此付出了代价。

拐卖她的男子内心邪恶却长着一副憨厚的模样，圆脸带着笑，厚耳垂，宽下巴，给人以敦厚的印象，很容易让人失去戒心。他花了十多天时间窥视小梅子的行踪，认定这是一个理想的猎物。他装扮成一个买菜的常客，时常友善地逗逗小梅子，并随手从自己口袋里掏出一点小礼物打赏。他费尽心机很快博得了梅子的好感。在一个人声鼎沸的节日的上午，他以一起去大商场买彩色气球的拙劣的借口成功将梅子拐走。

梅子被辗转卖到一个女人家时，有种天塌地陷的感觉。巨大的恐惧在漫无边际的黑暗里潮水般涌起，把梅子淹得透不过气。离开那座城市之前梅子被蒙了眼睛，头脑昏昏沉沉像被灌了迷药一般。揭开眼罩的梅子发现自己坐在破旧的支了帆布大蓬的卡车上，卡车在崇山峻岭中吃力地穿行。梅子声嘶力竭地呼喊，我要回家，我要妈妈！她竭力挣脱，不停地踢打和撕咬那个拐卖她的男人，但这种反抗和挣扎在狭窄的车厢里既徒劳又显得苍白无力。那个男人似乎并无半点恼怒，一直平静而又有耐心，一如既往朝梅子友善、慈爱地微笑。这种微笑现在却令梅子浑身战栗。他讨好地掏出几颗糖果，但被梅子用力地打掉。那个男人把糖果捡起，说，安静些，听话，要是被狼听到了，会把你拖到山沟里吃了的！从未见过大山的梅子望着车轮后面碾过的悬崖绝壁，望着茂密的树木覆盖着的山峦，吓得赶紧收住手脚，再也不敢造次，只是蜷缩在车厢一角低声呜咽道，我要找妈妈，我，要回家……

　　他们到达目的地的时候，天色渐黑，梅子身心俱疲。男人把梅子抱进了山坳里的一间土屋。一个皮肤黝黑、干瘦的中年妇女已经在家等候多时了。油灯摇曳，斑驳的土墙上昏影幢幢。当梅子被那个干瘦的女人一把搂在怀里并被要求喊声妈妈时，梅子的哭嚎再次爆发。她无法接受眼前这个女人和这个陌生的家。在接下来的三天时间里，她把那个干瘦女人的劝慰一句都没听进耳。尽管那个女人絮絮叨叨不乏真诚地告诉她，从现在起，就当梅子是她的亲生宝贝，这辈子都不会亏待她……梅子的脑袋像灌满了糨糊，使得她对一切视而不见充耳不闻。现在，梅子头脑中淤积的情绪简单、集中而又浓烈，她只会用哭喊来表达回家找妈妈的强烈愿望。哭累了就昏睡，醒了就继续哭嚎，不分昼夜。梅子的哭嚎一天比一天嘶哑，一天比一天虚弱，在山坳中回荡，凄厉、悠长。

　　第三天，太阳刚落山，在养母怀里昏睡了一个下午的梅子睁开眼睛，正准备咧开嘴继续无望地嚎叫的时候，突然发现门框旁倚立着一个瘦弱的女孩。梅子的养母轻声对那个女孩说道，是隔壁家的惠子啊，你来看了几个晚上了，也不进来坐坐？从今以后，你就把她当妹妹照看啊！

　　梅子长嚎了几声收紧喉咙，循着养母的视线朝那个叫惠子的女孩望去。她瘦弱，单薄，一件偏小的蓝碎花夹衣穿在身上显得有些局促。梅子养母喊她，她没有反应，一双眼睛一动不动盯着梅子的举动。她的神情黯淡，似乎流过泪，又像是准备流泪的样子。惠子出现在梅子的视线后，梅子停住了哭嚎。她心中的惊恐感没有先前那么强烈了，那种异常紧张的对峙的情绪因为惠子的露面打破了僵局，绷紧的神经松弛下来。

梅子和惠子两眼相对，都目不斜视，瞳孔对着瞳孔，眼神来回交集，眼波一波比一波柔和。就那么十来秒的对视之后，惠子突然离开倚靠着的门框，快步跨进屋里，一把从梅子养母怀里抱起梅子，就着一张竹椅坐下。梅子的养母似乎对惠子这种无言的举动早已见怪不怪，腾出手转身去厨房端来一碗蒸鸡蛋羹递给惠子。惠子不由分说操起调羹给梅子喂了起来。梅子张开嘴很配合，尽管她几天来都在抗拒养母的喂食。惠子的动作略带生硬，但梅子没有感觉到什么异样。她慢慢安静下来，脑子里浮现出小时候母亲喂养她的令人倍感亲切的情形。

寒来暑去，斗转星移，梅子在无奈之中慢慢认可了这个家。一开始，梅子对养母是绝对排斥的。梅子从小依偎在母亲怀抱里吃奶撒娇哭闹，母亲的怀抱里氤氲着一片温馨与安宁，是梅子的安乐窝。母亲散发出的特有的气味，已经渗透到梅子记忆深处，那种气味伴随她一天天长大。那种气味是她和母亲之间不可替代的骨肉相连的一种天然纽带。现在，梅子躺在养母怀里的时候，嗅到的是全然陌生的味道，这种味道让她烦躁不安，难以平静，感觉像是一只幼崽突然被抛弃到一块未知的领地，惶恐，惊悸，不知所措。在接下来的日子里，梅子被养母陌生的气味所包裹，被迫日复一日接纳，而且还要以女儿的名义来体味来认同，这对幼小的梅子来说，是多么痛苦的煎熬啊！

不能否认养母对梅子的真心诚意。她对中年才到来的可以施予母爱的机会倍加珍惜，她坚信滴水可以穿石的道理，所以她对梅子异乎寻常地好。种种的好充溢在两个人持久的耳鬓厮磨的一切细节之中，梅子天天在感觉，天天在体会，照单全收。一种润物细无声的变化在梅子心中悄悄地发生着。不经意间，梅子常常会暗暗把两个母亲做比较，从一些相同的小事中咀嚼出差异。比如，同样是不小心摔破碗这样一件小事，在生母那里得到的是训斥甚或是一巴掌，但在养母这里，却是安慰，是划伤手磕破嘴之类的担心。养母的耐心也是生母所不能比拟的。幼女对母亲的缠绵往往不分场合，全凭女儿的兴致。在梅子的脑子里，经常浮现生母不耐烦的神情，生母在菜摊上忙得不亦乐乎，梅子嘟嘟哝哝嚷着要吃这要买那，还要撒娇耍赖让母亲抱着她，母亲则厌恶地挥挥手，让她滚到一边玩去，饱受冷落的梅子只好悻悻地到处寻找自己的乐趣。在这间土屋里，梅子尽情泼洒自己的性情，不受压制和约束，各种欲望得到满足，张口要，闭口到，对养母招之即来挥之即去。总之，养母缺乏分寸的宽容和宠爱让梅子获得了很大的满足感，也让她和养母的关系渐渐由远及近。梅子在这种日积月累的满足感中，变得娇脆、倔强、任性。当然，新的母女关系是以武力和欺骗为源头构筑的，现在虽然黏合在一起，但终究中间有一道天然的沟壑，这沟壑即使经过漫长时间的冲刷，也只能一点点变小，却无法填平。

然而，梅子和惠子那边的关系却发展得迅速而炽热。惠子父母出去打工有好些年了，她的一个姑姑住在山后边，每隔一段时间就背了米、油、盐、土豆等杂货来看看她。除此之外，惠子一个人照顾自己，生火做饭，洗衣晾被，上学下学，独来独往，形单影只。生活的孤寂让她的性格变得愈来愈内向孤僻。梅子的到来让惠子孤单的生活开启了新的篇章。梅子和惠子就像需要呼吸新鲜空气一样，都需要玩伴，都渴望幼年同伴友情的滋养。很快，这对原本互不相识的女孩就成了亲密无间的伙伴。

梅子刚来到山里的时候，惠子已经上学了。惠子天刚亮就要出门，只有放学后才能回来陪梅子。惠子不在，梅子就脚跟脚手跟手随着养母房前屋后转悠，做饭，洗衣，喂鸡，扫地，在屋旁的一块坡地里挖土，除草，栽苗，摘菜。整天和养母待在一起，看着养母几乎每天都在做着相同的事情，梅子觉得单调乏味。山坳里孤零零就两户人家，人少，山静。与车水马龙五光十色的城市相比，与梅子熟悉的人来人往熙熙攘攘的菜市场相比，山坳里的生活显得冷清枯燥，少趣无聊。只有惠子回来，才让她身心活泛起来，体会到盎然的童趣。有好长一段时间，梅子每天下午最重要的事就是坐在山坡的石头上眺望，搜索惠子回家的踪迹。惠子的身影在树挡竹遮的山路上时隐时现，先是一个若有若无的飘忽的小点，然后确确实实出现在眼帘中，越来越大，由模糊变得清晰。惠子的身影在悬崖的上下移动时，梅子的心也被牵得上下摇晃。等待的过程是漫长的，梅子看惠子看累了，就去望山。在梅子的视野中，大山的后面还是大山，一眼望不到尽头。梅子有时候也分分心，禁不住胡思乱想，思绪随着视线飞得很远很远。她想，在那望不到尽头的地方，可能就是家的方向，过去的那个家可能就藏在某个地方，那里有人来车往的城市，自己的亲生妈妈爸爸，还有那个飘散着各种异味的菜市场。那一切，时而清晰，时而模糊，交叠浮现，有点像梦中的景象。想着想着，梅子的眼泪哗哗就留下来。梅子没有哭出声，只是尽情地流泪。梅子已经哭够了，在哭声中对种种人情世故有了一些积累和分辨，也有了一些分寸感。日子久了，梅子就觉得不该让养母听到自己为此而大声哭泣了。偶尔，养母也放下活计，加入眺望的行列里来，母女俩不说话，养母站在梅子的背后，让梅子斜仰着靠在自己怀里。养母的这种姿势让梅子觉得很放松，很舒坦，她能够感觉到养母的心跳，她觉得养母也能觉察到自己的心跳，所以她在胡思乱想心里隐隐作痛的时候，就赶紧把思绪收回来。

养母主动陪梅子等候惠子放学回家，让梅子有些感动。这表明养母对自己的支持。这种支持有助于使梅子和惠子的友情像山坡上的野草无拘无束地疯长。梅子提出要和惠子姐一起吃饭，养母就在每天的晚饭桌上多加一套碗筷。梅子提出要和惠子姐一起睡觉，养母就把一套干净被子抱过去，还把惠子原来一套散发酸味的被褥洗了，叠好，让惠子收起来。惠子在梅子家吃饭的时候，梅子感觉到她总是吃得小心翼翼，吃得过分拘谨，而且总是抢先吃完了，就主动收拾碗筷，与自己狼吞虎咽形成了鲜明的对比。有时候，梅子求助地望着养母。养母把一切都看在眼里，并不说话。养母的母性正在两个小女孩一天天长大中唤醒、膨胀，她也深知惠子的友情对梅子的重要，所以，她很自然就把对梅子的怜爱多拨一点给惠子。她隔几天就把惠子换下的衣服拿过来洗了，还专门给惠子腌了一坛子酱菜，让惠子带到学校午饭时吃。惠子的姑姑得知后，登门道谢，非要送一袋土豆。梅子的养母很坚决地推辞了，说，犯不着这客套的，两个小孩有了伴，又这么投缘，梅子不孤单，沾了光，你看，快活着呢！

梅子在惠子的陪伴下，感觉到当初在菜市场独自找乐子是一件很费神的事。在梅子看来，惠子的脑袋里装满了各种各样有趣的游戏，只要梅子喜欢，就能像气泡一样不停地冒出来。但惠子话不多，常常在嬉笑打闹中突然静下来，眼神虚空，望着远方发呆，让梅子莫名其妙。

不知为什么，惠子很喜欢夏天。夏天自有夏天的乐趣，夏天也助长了万物的野性。仿佛是因为夏天的炎热，性格内敛的惠子突然变得开朗一些了，偶尔还有点粗放。惠子带着梅子躲到一片树林，找到一块湿软的小空地，憋足了劲，像男孩子一样翻跟头，伸展四肢翻仰叉。每当惠子头朝下整个身子倒竖的时候，衬衣滑下来，露出白皙的肚皮和裸露的上身。翻滚够了，惠子又爬树，轻盈地爬上了树顶，像猴子似的在半空中吊在树干上荡秋千。女孩爬树是被养母禁止的。惠子自顾自地翻，滚，爬，玩得很尽兴，有点向梅子炫耀的意思，似乎也有一点放纵一下自己的味道，这在不知不觉中颠覆了梅子心目中那个沉闷压抑的形象。不过，新的印象很短暂，马上就复原了。惠子喘过气来，嘱咐梅子不能告诉养母爬树的事情，特意捉了一只天牛送给梅子。天牛身上奇特的花斑和两只伸展的巨大牛角深深吸引了梅子，足以让她保守住刚才的任何秘密。惠子从家里找出一坨细线，一头系上天牛，一头让梅子牵着，两人饶有兴致看着天牛像一头缩身的怪兽在空中愤怒地东突西撞。

即使冬天虫兽归穴，惠子也能变换花样填补冬天户外游戏不便的空白。惠子做完作业后，两个人窝在吱呀作响的木床上，看着油灯在墙上反射出昏黄的光晕。惠子把油灯移到一面墙的对面，让自己处于灯和墙的中间，两手相握，对惠子说，闭上一分钟，墙上放电影！梅子睁开眼睛，看到墙上出现的是一只龇牙咧嘴的狗的头像，两耳怒竖，不停地狂吠。一瞬间，又变成一只温顺的小狗平静地伸出鼻子，缓缓嗅寻着什么。墙上空白了数十秒后，又有一只羸弱的野狗有气无力蹲着，似乎见到携带食物的路人迎面走来，立起身，对着路人摇尾乞怜。除了狗，又变成兔子的图像映在墙上。梅子熟悉兔子，在菜市场看见过一笼笼灰兔白兔安静地等待各自的宿命。惠子演绎的兔子神态各异，有的神态安详，有的警觉地张望，活灵活现的图像让梅子目不暇接。梅子在欣赏墙上图案奇妙变化的同时忍不住偷偷瞅惠子的手，惠子左手背上两道微微凸起的刀痕在灯光下现出赭色，分外显目。

惠子的手影游戏成了梅子最为深刻的一种记忆。自从第一次见识到这种游戏的魅力后，梅子就痴迷起这种游戏，只要油灯亮起，梅子就情不自禁盯着墙上想象出各种幻影。长达数月，梅子一直不停地练习，但终究没有达到惠子那种神形兼备的境地。梅子坚持不懈地练习，又不断地气馁。在持续的气馁中梅子坚信，是那两道深深的刀痕使得惠子的手变得异常灵巧，产生了神奇的魔力。

有一次，梅子不知怎么和养母说起了惠子手上的刀痕。梅子认为是有了那两道刀痕，惠子的手影游戏才充满神奇。养母看着梅子稚气未脱的脸，被这种不搭界的想法逗得发笑了，笑里面还带点讥讽之意。梅子固执己见地撅起嘴，觉得是因为亲眼所见，道理也就十分充足。养母又笑了笑，说，呵呵，傻姑娘，两档子事！养母笑了两声陡然停住了，脸色变得严肃而沉重起来，说，惠子，唉，这个闷葫芦，一根筋，那几道疤啊，是惠子想她娘想出来的！

梅子实在想不通惠子对娘的想念与刀痕有什么关系。山坳里的冬季覆盖着特有的孤寂。夜晚，凄厉的北风撞击着山林，发出阵阵骇人的呼啸。偶尔，强风卷起一件什么东西，猛拍紧闭的后门或者屋顶，发出异响，让人联想到野兽的入侵或鬼魅的来临。梅子和惠子玩着狗追兔子的游戏，狗的穷追不舍和兔的左冲右突在墙面上映出尘土飞扬的场面。玩着玩着，梅子想起了什么，她抓着惠子的手说，听我娘讲，你手上的疤是你想娘想出来的？惠子突然顿住了，浑身战栗起来。惠子的神情把梅子吓住了，两人都静下来，只听得屋外排山倒海般的风啸声，一阵比一阵激烈刺耳。

半晌，惠子低着头眼泪吧嗒吧嗒不停往下掉，过了一会，才止住了，抬起头，吃力地回忆些什么，说，那时候很害怕……。一个人，晚上怕，白天怕，睡觉怕，醒了也照样怕……

惠子说话的节奏很缓慢，似乎这样更能准确地表达以前的一些感受。那时候很想娘，想她回来。整天胡思乱想，就觉得脑壳上像压了一块石头，心口上好像勒了一根麻绳。惠子说着说着，眼泪又出来了。那时候也很担心，担心爸妈不要我了，又担心他们突然在这个世上没了……想得越厉害，石头就越重，心口就勒得越紧。唉，那个想的滋味啊，你……

面对神情专注的梅子，惠子本想表达梅子没有那种体会或者体会不深的意思，但她马上觉得不妥，赶紧收住了口。惠子觉得梅子与亲人离散的痛楚要比自己沉重得多，只是因为她小，想娘想得可能浅一些，也可能表现得不强烈持久罢了。梅子这边呢，心思却被搅得很杂乱。一会儿顺着惠子思路跑，一会又联想自己的身世，牵出那些裹着酸痛藏着泪的碎片。惠子的话，就像燃烧的一盆火，不断烘烤着自己隐藏在内心深处的一块尘封着的冰坨，那块冰坨在一层一层融化，变成泪水从梅子的眼眶里汹涌而出。

惠子告诉梅子，有一次不小心被菜刀划破了手，姑姑正好送东西来看到了，就陪惠子住了两天。有姑姑陪伴，惠子那种头沉胸闷的症状全部消失了，整个屋子都变得亮堂光鲜。姑姑回去后，惠子心里反倒变得更加空落，心情一下子黯淡起来，头重胸闷的症状又冒了出来，而且一天比一天加剧。在下一次姑姑约定来探望的前一刻，惠子鬼使神差般，用菜刀在手背上切出两道深深的伤口。手背血肉模糊的惨象终于唤回了日思夜想的母亲。

在艰难地还原那些细节的过程中，惠子的泪珠不断线地冒出来，闪着晶莹的光泽。梅子睁大眼睛，貌似在力图看清楚什么东西，其实她眼睛里浮现的是惠子家的那把锈刀割在手背上汩汩流血的惊心动魄的场景。惠子则长久沉浸在一片悲伤中不能自拔，她神情木然，喃喃自语道，那伤口，怎么就好得那样快呢……

从那以后，梅子对惠子的刀痕讳莫如深。两个人也都形成了一种默契，小心翼翼，不去碰触自己或者对方内心深处的那块冰坨，以免它们融化，给自己带来阴冷的伤害。两个人的关系不知不觉中又往深处走了一步。特别是梅子也上学后，惠子对梅子的照顾和呵护更加精心了。尽管这里面有梅子养母的庄重托付，但更多出自惠子的心甘情愿，出于一种不需要强迫和约束的责任意识。渐渐长大的梅子明显感觉到，惠子在极力维护着她们的友情，唯恐失去，使自己再次陷入孤零的境地。惠子谨小慎微，在很多事情上俯身屈就，无形中助长了梅子不易觉察的优越感。也使得梅子对比同班那些耍单的同学，多了一份得意。她毫不推辞地接受惠子种种的爱护，接受得心安理得，甚至没有理由地觉得理所当然。

然而，惠子今天一整天的表现和以前形成了巨大的反差，梅子绞尽脑汁也想不明白这种天壤之别的源头来自哪里。今天梅子一个人回家还是上学后的第一次，按照以往的经验，每次梅子仗着自己年纪小，赌赌气耍耍赖，都是惠子主动来和解。奇怪的是，今天惠子没有一点主动和解的迹象。梅子心里有气，一路上愤愤不平。到家时，梅子的气消了，才意识到赌气赌得有些过分，说不定惠子正满学校找自己咧。梅子决定明天一早主动去给惠子认错，更重要的是要弄清楚，惠子难道就真忍心丢下自己不管了吗？

事实上，梅子已经没有机会再和惠子见面了。梅子一进家门，养母就赶紧把大门关上，反锁起来，还操了一根粗木棍把门抵紧。这是紧闭门户严防外人的戒备姿态，但天还没黑，这样的防范来得早，有些异样。养母像哭过一场，两眼红肿。吃过饭洗过澡后养母就陪着梅子早早上床了。养母在厚厚的蚊帐里握着一把大蒲扇对着梅子使劲摇，摇得心急火燎，摇得心烦意乱，仿佛要把全山坳的凉气都摇到梅子身上才达到目的。梅子感到特别疲惫，一点和养母絮叨的兴致都没有，她一心想着要早点入睡，明天起个大早去找惠子。养母腾出一只手，从头到脚轻轻抚摸着梅子。这种抚摸是梅子刚来时每晚的催眠曲，梅子睡眼惺忪中有种久违的感觉。眼下梅子确实累了，眼皮沉重，以至于分不出梦和现实的界限，她朦朦胧胧中梦见养母抽泣了一整夜。

第二天拂晓，梅子迷迷糊糊中被村主任和那个中年警察带离了那间土屋。一切都进行得很顺利，没有阻拦，没有反抗，也没有吵闹。村主任对梅子说，上面决定给村里每个小孩抽血，普查身体，还专门派警察护送。这个经不起推敲的理由出自受人尊敬的村主任之口，得到养母的默认和警察的附和，变得神圣，不容置疑。这也使得梅子很愉快地配合，并对在警察的护送下溜一趟山外的县城充满美好的期待和向往。梅子心里还惦记着惠子，她希望惠子能一起去，但村主任告诉她，上面定的，一次只能带一个人。梅子要起身的时候，养母一副极不情愿她离开，但又无可奈何的样子，牙齿紧咬着下嘴唇，嘴唇不停颤抖着。梅子把这次下山理解成一次短暂的分开。养母的不舍打动了梅子。梅子当然也希望养母一路陪同，她瞥见那个警察面色严厉把养母叫到一边嘀咕了几句，养母就不敢再坚持了。养母拉着梅子的小手不肯放开，抽泣不停，几乎全身痉挛，警察目光如炬，脸色凶狠起来，他一把扯开养母的手，迅速拿起装满衣服的书包把梅子带出门。梅子在走下山坡拐到一条大路上时，听到山坳里传来养母凄厉的惨叫。

这次村主任所说的抽血检查身体的复杂过程远远超出了梅子的想象。一行人下山后，梅子被移交给一个身着制服的女警察。村主任说，检查身体要去大城市，吃住政府掏钱，还要些日子，好好跟着阿姨！女警察三十多岁的样子，皮肤白皙，和蔼可亲，比学校支教的女教师更漂亮。她身上散发出一种比女教师更好闻的香味。在接下来几天的日子里，梅子被女警察女性柔媚与英武兼备的气质所吸引，被她身上那种从未闻到过的香味所吸引。梅子喜欢跟着她，下意识不时贴身靠近她。女警察每晚都给梅子洗衣服，用的是她自带的香皂，梅子的周身也就有了与女警察身上相近的味道。这让梅子心中滋生了一种焕然一新的满足与自得感。女警察还教梅子叠衬衣，边对边，角对角，女警察那份细致与耐心很难让人想象出她持枪擒凶的英武的一面。梅子想，如果女警察到学校当老师，肯定会更受同学们喜爱。

一路上，女警察要办公事，不断出入一些派出所，公安局，梅子就很安静在外面等着。不办公事的时候，女警察喜欢和梅子说话，她的普通话不是很纯正，但是柔和、悦耳。女警察饶有兴趣听梅子讲惠子的事，想不到她也擅长手影游戏，在宾馆旅店的墙上，女警察留下了长枪短枪机关枪各种惟妙惟肖的图案，这更拉近了两人的距离。

女警察喜欢刨根问底，似乎特别对梅子被拐的细节感兴趣。那正是梅子不愿触及的一块尘封的冰坨。女警察循循善诱步步深入的追问技巧让梅子第一次在一个陌生人面前敞开心怀。当初清晰的点点滴滴变成了模糊的梗概。好在基本事实是清楚的。对梅子来说，被拐以前的一切都变得那么模糊，模糊的城市，模糊的菜市场，就连亲生父母的面庞也难以真真切切回忆起来。但当初那种痛楚的感受却愈来愈清晰，愈来愈浓烈，伤人肺腑。

女警察以一种善解人意的姿态来安抚梅子心中的痛苦。她的追问是提示性的，看似不经意还带着善意的铺垫，舒缓了梅子的压力感。梅子逻辑杂乱地回忆这些年所经历的一切。惠子，养母，亲生父母，在女警察的启发下，交叠浮现在眼前。对他们的爱与恨，嗔与怒，构成了梅子幼年和童年悲喜忧欢的图景。

验血取证确认身份所有工作都已完毕，女警察长舒了一口气。马上她又要投入新的案件线索的侦查中了，十多年打拐经验的积累让她成了这方面的专家。她见证了太多的悲欢离合，可她依然保持了入道时那份女性特有的爱怜和柔情。在即将面临职业经历中又一次被人千恩万谢的圆满结局时，她的双眼充溢着激动的泪水。她像一个慈爱的母亲一样一遍一遍抚摸梅子的头，问梅子，你现在想不想你的亲生父母？梅子思考了片刻，说，想。女警察满足地笑了。

也想娘，想惠子姐……梅子嘟嘟哝哝补充了一句。

梅子和亲生父母见面的地点就在当初那个菜市场，父母依旧蜗居在菜市场的一隅，依旧坚守当初那个摊位。一年又一年，他们除了散发出无数份寻女启示，竖起耳朵倾听每一段相似的童音，睁大眼睛搜索每一个疑似的身影，然后就是坚守梅子曾经逗留过的方寸之地。他们期盼有一天，梅子会毫无征兆不期而归。这次，终于好梦成真，梅子的意外归来成了他们有生以来最大的惊喜。

认亲的场面异常热闹。除了梅子一直蒙在鼓里，其他知情的人都经过了好些天的情绪酝酿和形式上的准备。梅子的父母被七大姑八大姨一大堆人围在中间，这些人都曾经分担了失亲的痛苦，今天特来分享一份喜悦。当地报社和电视台派出了记者，手握照相机肩扛摄像机，他们要忠实记录今天这个感人至深的场景。不胫而走的消息让本来就熙熙攘攘的菜市场聚集了更多的围观者。上午九点是约定的时间，有人燃起了鞭炮。当梅子在女警察陪同下走向认亲团时，人群中响起一片欢呼声。

梅子从旅馆出来的路上才得知详情。不知什么原因，女警察这次特意把真相和盘端出的时点选择在了最后一刻。她经历了太多的事。或许是出于安全的考虑，或许是为了避免节外生枝，或许是看到梅子一路上轻松而又愉快，不忍心提前让她深受煎熬，或许她根本就没有仔细琢磨让梅子明了真相的最佳时机……当梅子得知这次下山是与养母、惠子以及大山永久别离，即将驶入生活的另一条轨道时，她一下子懵住了。即将发生的一幕让她毫无准备，就像当年被拐走一样，令她猝不及防。

梅子被女警察牵着手走向人群。照相摄影的几个记者围绕她们不停按着快门。数不清的手举起手机拍照，手机屏迎着太阳时反射出刺眼的白光。梅子心中一片茫然，惶惶不安，她还来不及理清事情头绪的时候，就被冲过来的母亲一把抱住了。

母亲把梅子搂得很紧很紧，梅子的头深深埋进了母亲的怀里。母亲似乎用尽了全身的力量，她紧攥住梅子，手指甲深深嵌入梅子的手背。在母亲剧烈的抽搐和撕心裂肺的哭嚎中，窝在母亲怀里的梅子憋得喘不过气来，她张开嘴大口呼吸，满肺腑全是母亲怀里的气味，但这种气味对梅子来说，已经完全陌生了。

梅子被人流簇拥着进了菜市场旁边一栋红砖平房，穿梭不息的亲友和围观者干扰了她的视线，七嘴八舌的发问把她的思绪撕扯得七零八落。她的个人空间遭到不由分说的挤压，活动的空间，沉思默想的空间。屋子里摆起了欢庆宴大宴宾客，几张简陋的桌子和见缝插针摆着的形状各异的椅子让屋子里水泄不通。但这并不妨碍众多的亲友热情高涨，大快朵颐。饱受痛苦的父母一扫阴霾，兴高采烈地频频敬酒，掀起一轮轮高潮。午宴和晚宴开始时，梅子都是中心，酒酣兴浓过后，他们把梅子抛在一边，亲戚间的家长里短和鸡零狗碎成了他们最感兴趣的话题。喧闹像一条欢腾的河流，从早上一直流淌到深夜。梅子在被动和机械地应对中感到了一种与热闹的场景很不协调的孤独。

随后几天，来探望的人逐步稀少，亲戚也走了一多半。滞留的是家族里关系最为密切的几个亲戚。其他那些亲戚只留下浮光掠影的印象，只有梅子的姑姑，这个来自老家农村的年轻女人，给梅子留下的印象最为深刻。她嗓门大，性子急，快人快语，爱憎分明，疾恶如仇。她的表现让梅子充分相信，她是所有亲戚中和母亲最为贴心的一个。她确实是寻找梅子的忠实参与者。这几天只有她一直陪着忧郁成疾的母亲围着梅子贴身转。母亲的情绪一直不稳定，回忆中的巨大痛苦和现实中的巨大幸福毫无阻挡地激烈碰撞，让她长时间无法平静。她的思维和表达带着跳跃的性质，甚至有时候说话都颠三倒四。更多的时候是姑姑在说，母亲倒像是一个陪同者了。在姑姑的叙述中，梅子了解了母亲这些年跋山涉水血泪交织的艰辛寻找，日思夜想的折磨与煎熬，痛不欲生的一次次失望，经济上的日益窘迫以及对人贩子的深仇大恨。梅子边听边流泪，很少说话，经常长时间沉默不语。姑姑和母亲几天来都只是从梅子那里得到零敲碎打的叙述和片言只语的回答。她们急不可耐的深挖细问反倒促使梅子更加沉默。梅子不是不想说，而是面对突如其来的变故不知从何说起。痛楚压制了倾诉的欲望。梅子的表现招致了姑姑的不满，尽管这种不满只是在姑姑的表情或者言语中偶尔表现出来——大人们总是太心急了。在母亲和姑姑一把鼻涕一把泪的叙述中，梅子得知母亲大病了一场，一直没有痊愈。梅子情不自禁联想起了养母和惠子。她们都曾经历和正在经历种种煎熬、折磨和痛苦。事情各异，但蕴含着的痛苦却极其相似。

　　姑姑一行人准备选择一个礼拜天的下午离开。在最后一次小型家宴上，亲戚们要和梅子正式告别，同时他们还要商定梅子未来的去向。决定早已做出，只是顺便在酒桌上和梅子通个气而已。梅子还要继续上学，这是毋庸置疑的，城里的学校进不去，而且费用昂贵，姑姑坚持让梅子回老家继续读书，父亲心里很不情愿，母亲更是强烈反对，她感觉已经没有足够的力量再扛住和女儿分离的痛苦了。愿望再好毕竟也得服从现实。大人们热烈地讨论，激烈地争辩，坚持己见，分析利弊，纠结权衡的结果，还是由姑姑照顾回老家读书。在饭桌上，姑姑代表大人郑重向梅子宣布了这一决定。

梅子刚刚趋于平静的内心再次掀起巨大波澜。又一次被抛弃的感觉如巨浪向她袭来，让她如坠深渊。这种感觉不知道是不是惠子曾经体验和感觉过的那种。梅子觉得惠子所描述过的那种感觉正涌向胸口。在众人将询问的目光投向她的时候，她压低了头，轻声嗫嚅道，我，不想去。

姑姑愣住了，一桌人都静下来，紧紧盯着她。姑姑问，为什么？

梅子根本就没有思考大人们所作出的决定背后的理由。这些天来，她对所发生的一切都缺乏冷静的思考，更不会问个为什么。她的淳朴天真让她听从了村主任的话，忽略了养母离别时隐藏的心曲。事情的快速变化使得她来不及想想惠子为何有反常的举动。出于对女警察的信任和好感，她也没想到女警察一路的编排那么不着痕迹，顺理成章。她一直服从于自己的内心，跟着感觉在走。此刻，内心真实的感觉强有力地支撑着她，引领着她。

她抬起头，说道，我想回去，想娘了……

啪的一声，姑姑愤怒地把筷子拍在桌上，抡起两道眉毛对着梅子嚷道，你还想那个乌龟王八蛋？我们家被他们害惨啦！

姑姑的愤怒一下子激起了所有人另外一种情绪。梅子的母亲啊的一声尖叫起来，然后捂着脸长哭不止。父亲根本没法劝止住。姑姑似乎意犹未尽，继续辱骂道，这个千刀万剐的，雷公劈了这家才解恨……仇恨一直蛰伏在父母家族每个人的心中，在认亲之行的最后一天像干柴一样被点燃。另外几个亲戚附和着姑姑道，是是，这家人的良心被狗吞了，怪不得要断子绝孙……姑姑和几个亲戚的诅咒像利箭射向遥远的大山里那个家，作为那个家曾经的一员，此时此刻，梅子却感到自己成了一个活靶子，与利箭正面相迎，箭箭穿心。

梅子突然起身，她渴望逃离这张桌子，逃离眼前这些人。她奔向大门，但门被一个亲戚挡住了。她转身向自己的卧室冲过去，她的左手被反应过来的母亲抓住，她使出吃奶的劲挣脱了，母亲粗厚的指甲在她手背上划出一道血沟，她全然不觉，快速将房门反锁。

屋外响起母亲伤心的哭叫。梅子这种激烈的反应令母亲悲痛欲绝，她捶胸顿足哭诉道，梅子啊，这些年，我想你想得心疼，想你想得肝肿，你怎么会这个样子？你怎么这样对待我啊？你不能这样啊……

梅子在逼仄的卧室里没头没脑打转转。门口有一堆人在守候，窗户有铁制安全网严密封锁，她像一只困兽。她的手背在冒血。靠窗的桌上有一把剪刀，那是母亲给梅子剪指甲用过的。母亲还在不停地哭诉，似乎是梅子正在给她酿造新的意料不到的巨大痛苦。姑姑在外面大声呼叫梅子，梅子觉得姑姑正握紧拳头，怒眉倒竖，两眼充血。有人开始用力地捶门，声音像一把锤子猛击梅子的胸口。有什么东西在狠劲挤压着她，她的呼吸完全被憋住了。委屈、焦躁、惶恐、愤恨、厌烦一股脑涌向头顶，让她头晕目眩。恍惚间，梅子拿起桌上的剪刀，对着渗血的那道伤口戳下去，一刹那，她脑子里闪现出惠子手背上两道赭色的刀痕。

电　话

　　德华老汉家的婆娘在七月半的前三天死掉了。

　　瘫痪在床上的一年多时间里，她把那原本臃肿的身躯折腾得骨瘦如柴。她是在喜极而泣中发病的，没有任何先兆。一年前五月的一天，她在外打工的独生宝贝儿子突然回来了一趟。听说她当天的生日，他匆匆到山下几里外的镇上给她买回了一网兜东西，苹果，蛋糕，饼干，水果罐头，还在一个出售廉价衣服的小贩摊上买了一件秋后穿的暗红色的碎花棉夹袄，夹袄的花色和老年人很相配。儿子一定是冲着自己的生日回来的，德华婆娘这样一想，眼泪就溢出来了。在德华的眼中，这是一个被她溺爱惯了的任性又好高骛远的男孩。现在在她看来，分明是一个懂事而又孝顺的成年人了。在外混了几年，连自己的生日都记住了，比村里好多女孩子都强。德华老婆避开德华，独自蹲在厨房灶口旁抹了一通眼泪，然后扛了一把铁锹奔到屋后坡上的地里去了。她要挖一篮子新鲜土豆，就着挂在厨房横梁上最后一块腊肉，炖出一锅新鲜的腊肉土豆——这是一道儿子最喜欢的菜。她吩咐老汉宰了一只还在生蛋的老母鸡。她打算把坡上的惠婆婆请来,她们是几十年前一起嫁过来的。她特别高兴和她一同分享生日的晚餐。谁家有高兴的事,都喊在一起聚聚,几十年她们总是这样。

她将那些有点湿润的土块掰开,专捡那些嫩小的土豆放进竹篮里,土豆越嫩味道越鲜,这个时候她不会心疼那些土豆长不长大。差不多挖了半篮子。她觉得阳光越来越刺眼。突然头皮发麻,眼冒金星,天旋地转,一下子扑倒在地,四肢不能动弹。她在充满土腥味的地里足足挣扎了一个时辰,心里明白,但喊不出一句话。德华老汉已经把那只老母鸡炖得香气四溢,盛在一口小铁锅里架在灶口上,准备借着烧其他菜时灶口燎出的火继续炖。惠婆婆赶来帮忙烧火,不断往灶里添柴,火焰夹带着火星猛烈地往灶口上窜。儿子坐在堂屋里,跷着二郎腿,不停抖动。左手握着手机,右手夹着一根烟,腾出一根指头按键。他当初出门打工时还挺瘦的。城里那些快餐让他身上长了一堆赘肉。他变胖了,但也变黑了。南方城市的太阳很毒辣,他有一段时间在运输周转站卸货,看守货场。后来他嫌那几份工作太累,就开始满城晃荡起来。

他一直盯着手机,神情专注,可是信号非常差,想发条信息都很难,更不用说打电话了。他有些沮丧。"真没劲!"他在心里骂了一句,转而准备用手机上的计算器算账。不过他想不起来到底要投多少本钱才能当上一个分级经理。那个本省同乡,一个面容姣好,一片薄嘴唇上长颗痣的女孩,不厌其烦地给他讲解参与她们公司营销赚钱的窍门。她热情挽着他的胳膊告诉他,前期必须投入。下线发展越多,回报越高,级别升得越快。她身上散发的香水味道沁人心脾。她的笑容让他心跳加速。在一个陌生的城市,女孩的亲昵让他觉得未来一片灿烂。一种无头无脑的幸福感缠绕着他。她所介绍的那套烦琐的投入产出计算公式像一阵风从脑子里掠过，没留下什么痕迹。只要加盟她们，钱能快速生钱，这是毋庸置疑的。他开始动脑筋怎样把父母亲准备用来翻修房子的几万块钱弄到手。他坚信，他将来所获得的收益在这山村一隅新造一座房子都会绰绰有余。他本可以直接抖狠耍横把那笔钱要到手，母亲那里不是问题。但他在城市的历练和这些天所受到的培训让他改变了策略。在他不经意间听到母亲生日的消息后，他来了一个像那个女孩训导的"甜蜜的公关"。他很满意自己的悟性，他感觉这将会是未来办大事的一个漂亮的起步。

突如其来的变故让德华老汉一家陷入混乱与恐慌之中。在经过几天抢救之后，所有人都不得不接受了这样一个残酷的事实，病人虽捡回了一条命，但从此将因偏瘫长久卧床。他们的宝贝儿子很快又离家去了他原先待过的那座城市。他很清楚这次他是落荒而逃。他两手空空，没法再去面对那个嘴唇长痣浑身散发香水味道的女孩。他心里既懊恼又有点愤恨，但他又说不出该愤恨些什么。

德华的婆娘坚持要把自己安顿在偏房后面的小屋里，那是一间顺着屋檐囫囵搭建的堆杂物的小房子。低矮阴暗，开了一个小窗户。躺在床上透过窗户可以看见远山，以及通往山村外的蜿蜒的山路。她盘算着大的厢房留给儿子将来结婚用，不能因为自己在床上拉屎拉尿把新房玷污了。她心中全是儿子，即便病倒了，这种情感也未曾改变。她的决定不容置疑。尽管刚病倒的日子里，她嘴歪眼斜，但脾气却异常大。她向德华老汉怒吼时，发出男人似的低沉的呼噜呼噜的声响。一个在山地里劳作了大半辈子的人，突然躺下不能动弹，吃喝拉杂睡都得在床上，这确实是一件痛心疾首而又十分艰难的事情。在最初的日子里，她暴躁起来就撕棉絮，扯床单，用粗鲁的言语和含混不清的语调咒骂什么人。来探望她的人越多，她就越烦躁。给她喂饭时如果碰上她正巧情绪恶劣，她就双唇紧闭，甚至故意把强迫喂进去的一点食物吐出来。只有德华老汉给她喂药，给她悉心擦拭她身上的屎尿时，她才稍微安静些。

过了不久，她开始能够比较清晰地说话了，腿脚也能够稍微活动，这预示着病情好转。婆家和娘家两边零零星星的至亲轮守了一段时间，都已陆续撤退。她的暴躁的情绪有所收敛，但仍然起伏不定，反复无常。德华老汉无计可施。有一天，德华老汉趁她情绪平稳一些的时候跟她说："这样不行的，以后请惠婆婆过来天天陪你得了。"

"你看看我，成了一具活僵尸了！"

德华婆娘拽着惠婆婆的手，眼泪淌了下来。在抢救德华婆娘的那几天里，惠婆婆一直都在场，对于这样的结果，惠婆婆是心知肚明的。

惠婆婆反复摩挲她的手臂，让她失去知觉的地方加强血液循环。她听说，德华婆娘这些日子面对那些来探望的亲朋好友，不停地絮絮叨叨说这些。

她任由病人发泄。她想，一个人的悲伤就像一场雨，有长有短，但不是说停就停的。

小屋子打扫得还算干净，那些砖缝用泥巴抹平了。铁锹、锄头、镰刀、连枷那些农具杂物，还有杀虫喷雾器，几瓶农药，都被清除移走。屋子确实狭小了一点，摆了一张小床后，再放两把椅子就挤满了。这样的空间，要是一个健康的人，日常月久，也会憋出毛病的。

"你觉得这样活着还有意思么？嗯？"德华婆娘嘴里不停地咕哝着。

惠婆婆理解此时病人的心情。即使一个活得正常不过的人，偶尔也会发出这样的疑问。他们可能不为了寻求答案，只是在生活的间隙让思绪停顿一下。惠婆婆知道，德华婆娘现在陷入黑乎乎的深坑里了。当初自己的老汉没了的时候，也曾有过类似的心境。一个人遭遇重大变故后，是很容易对这样的问题穷追不舍的。但钻牛角尖却是一件糟糕的事。就像一个人径直往山下冲，不及时停脚，会直接掉进悬崖去的。惠婆婆很庆幸自己当初停止了脚步，或者说及时拐了一个弯。

"不要这样想嘛，人啊，好死不如赖活，活着总是好事……"

惠婆婆相信，会挺过去的，日子总得一天天过下去。

惠婆婆每天都来陪陪她，或者是上午，或者是下午。她家里事情本来就不多。菜园里不需要天天打点。她的丈夫为了抢救落水的小学生被洪水冲走后，她被安排到学校里打打杂，给孩子们准备午饭时打个下手。现在还是假期，她也跟着闲下来。每年乡里都要固定发给她一笔抚恤金，还有女儿不定期寄点钱来，生活够用了。除了在家每周定时招待那几个接电话的小孩，几乎没有其他事可做。

一切慢慢平静下来。屋后草丛和树林中的各种虫鸣鸟叫在提示季节的变换。德华婆娘一天天瘦下去，脸上呈现出重病后特有的皱褶。年轻时她的脸很圆，身材丰满，和惠婆婆年轻时尖瘦的瓜子脸和苗条身段形成鲜明对比。当初，她是在哥哥带领下找他的战友德华相亲见面的，同村好友惠儿应邀做伴。结果，胖女人嫁给了虎背熊腰部队转业回村的德华，瘦女人嫁给了村里身形瘦小的山村教师。两对新人在外貌上的奇妙配对，既让村里少男少女觉得有趣，她们自己也觉得好笑。

天气热了起来。那扇小窗户全部打开，飘进山涧里的野风，屋子里充满了树木和茂盛野草的气息。有时，她们俩透窗而望，那条蜿蜒的山路让她们若有所思。

"那时候这条路好窄啊！"她们说。从这里她们走进了一段新的人生之路。她们曾经发誓，既然一起从这条路上嫁进来，剩下的路就要一起走。

她们一同嫁过来的时候那还是一条羊肠小道，两支送亲的队伍把道路挤得水泄不通。小孩子受不了送亲队伍的那份拘谨，离开道路，在两边树丛里穿梭嬉闹。她们被簇拥着经过沿途的人家。那时候砖瓦房屋显得稀少。她们看到低矮的屋檐，泥块剥落的土墙，朽坏的窗棂，大门的框上褪了色的，被风雨摧成残片的对联。村庄散乱。贫穷的模样深深印在她们脑子里。某种淳朴也会感动她们。那些为她们的婚礼自告奋勇半夜就赶到几十里外为她们买鱼买肉的村民，纯属被一种古道热肠所驱使。

几十年过去，道路变宽了，房屋慢慢改建或者新建，沿路排列开来。一些红砖房冒了出来，显目地夹在土砖屋中间，石灰墙面在阳光下泛着耀眼的白光。她们对自己的婚礼场景还记忆犹新，也见证过村里村外婆媳妇嫁姑娘。她们品评着相似场景的前后变化。那种人头攒动闹哄哄的场景渐渐稀薄了，村庄的婚丧嫁娶日趋单调、枯燥。昔日田间地头人欢马叫的场面已成过往。年轻人像一群蝗虫，扑棱棱飞向了远方。那些曾经在婚礼葬礼上凑热闹的一辈人渐渐变老，山坡上的坟头挤满了村里那块墓地，还在向周边扩展。不断有老人自尽的消息传进耳朵里，引得人唏嘘一番。总之，生活的味道好像越来越寡淡了。

也许这种状态下最适合家长里短。她们每天似乎都有说不完的话。絮絮叨叨，信马由缰，像在放风筝，任其在空中随风飘荡。似乎在做人生的小结，有时又像是人生片段的回放。日子就像山沟里的风，在她们身后无声无息地溜走。

那风筝又收回来了。她们不约而同地想到了自己的子女。和所有的村民一样，在她们看来，儿女是长辈心中的一团光亮。那团光亮消失了，她们的老年就会陷入黑暗之中。这是乡村里传承了一辈又一辈人的执念。想到自己的儿子，德华婆娘开始焦躁不安。

"这不着家的，大半年没音讯了！"她像一只护窝的老母鸡，一直把儿子当作一只雏鸡，该出窝了也不肯放手。她在村里有着护窝母鸡的名声。

"他就没打个电话回来？少不得德华也去个电话问问啊！"

"别提德华这老东西了！他们打不打，又不给我个实话，反正说是日子还过得去，让我省省心……真是一对怪人！"

德华婆娘的注意力转换了，现在又被儿子的事纠缠得寝食不安，整个人迅速消瘦下来。好一段时间，她在夜里连续做梦。梦见儿子趴在一截两头悬空的高高的梯子上，上下两难，无助无望。她甚至还梦见过儿子衣衫褴褛，沿街乞讨的模样。她天天念叨儿子，根本不相信德华跟儿子通过话，也不肯相信儿子平安无事的说法。

她执拗的絮絮叨叨惹得德华很恼火。"你就不能消停一点？自己半截身子都埋土里的人了，还操些瞎心？"

惠婆婆清楚，这老两口很少为钱财家事红脸拌嘴，这多年唯独在对待儿子上，针尖对麦芒，一交锋就火星四溅。

德华婆娘几乎天天恳求惠婆婆给自己的儿子打电话。似乎从儿子那边传来的只言片语都足够让她神清气爽，胜过她每天吃药进食。

"我这是上辈子的冤孽，生了个白眼狼儿子……你看看人家的儿子，要他往东不敢往西，要他抓狗他不敢抓鸡，他怎么就这不听摆弄？我晓得他一直在找机会躲着我，好多年前我就觉察到了，春节都找借口不回来看看我……可是我看不见他的人，听不到他的一言一语，心里就像虫在爬，浑身就像刺猬扎……"

德华婆娘嘤嘤地哭了起来。那哭声很怪异，像一个无助的小女孩渴望放声嚎叫却又因为某种恐惧而强忍住的抽泣。

惠婆婆的房子坐落在一个推平的小山头上，与小学毗邻。站在屋前，居高临下，起伏的丘陵沟壑尽收眼底。往东，是自己所在的村落，以及通往村外的那条山路。往西是邻村，再往西是逶迤的山脉。学校建在几个村落的中间位置，兼顾了远远近近送子女入学的村民。惠婆婆丈夫过世后，村民们帮忙对房子进行了修缮。房子虽不起眼，但却在山头上与学校浑然一体。

寡居的惠婆婆很幸运生活在这样的环境里。在丈夫去世后的那段日子里，她独自抚养养女。那是一段悲伤而又艰难的时光。她一直没有生育。养女是丈夫从一对邻省来做小五金生意的夫妇那里抱来的。他们因为超生，躲到这山沟里来了。被父母遗弃的女孩受到了丈夫的百般呵护，后来又成了她的命根子。失去丈夫的巨大悲痛不断被学生们的围绕和养女的一颦一笑所碾压，最后蜷缩到内心的一个小角落里。教室里孩子们的叫嚷声和琅琅读书声在山涧里回荡，也灌满了小屋。安静的时候，能隐隐约约听见老帅们分别在不同教室的讲台上传出的声音。曾经，丈夫柔和的声音就夹杂其中。那种声音一直盘踞在惠婆婆的脑海里，让她心静气定。

学校里的学生送旧迎新，换了一茬又一茬。养女像山坡边的竹子，蹭蹭长大成人，她也慢慢知道了自己的来历和身份。前些年，养女从一个职业学校毕业后外出打工，她没有去南方，而是直奔邻省那座遍地小五金作坊的小城市。每次她回来，好像失望和疲倦的神色都没有清理干净，离去，却又是恋恋不舍。她们母女俩都藏着隐秘的心思，没说破，也可能是还没到时候，但双方都隐隐约约感觉到在相互躲闪。有一次，她回来专门去镇上的邮局给惠婆婆申请安装了一部座机。

那部红色电话座机放在堂屋靠近大门的一张小方桌上，旁边摆着两张竹椅子。座机在没人使用时用一块带条纹的黄色旧毛巾盖着，以免灰尘落在上面。紧邻方桌的墙上，是一个挂钟，旁边贴着一张白色的硬纸，上面自上而下整齐排列着一行行数字。数字是由蓝色蘸水笔写下的，字体很粗，方便老人识读。第一行的阿拉伯数字尤其显得浓艳，那是养女的手机号码。下面罗列了好多条，每一条分别是星期几、几点、号码，以及诸如蓉儿、芳儿、狗蛋、二娃、春生等各家接听电话的小孩的名号。大人根据纸板上约定的时间准时给子女打来电话。父母们靠电话履行自己脆弱的监护责任，电话传递着双方浓烈的思念之情。

这部电话把惠婆婆的生活捆绑住了，但她很乐意。她像一个哨兵一样自律，绝不在那些约定的时间里关门外出。事实上，她从未耽误过一次那些翘首以盼的电话。如果约定的来电或者接听者不能如期而至，她甚至比当事人都着急。守着这部电话，她感觉到日子过得神圣而又有滋味。

每到节日，多数是春节，那些回到山村里的父母都没忘记给她带一点礼物。大都是城市里带有地方特色的糕点之类，便宜又好看。礼仪重一点的人家还会给她买件衣服。他们带着自己的小孩一起上门道谢。他们说，惠婆婆是在做一件功德善事。临走时，他们不停地摇着惠婆婆的手说：

"好人必定会有好报……"

差不多有好几个月了，惠婆婆几乎每天都要对着白色硬纸上的号码发一阵子呆。春节养女说要加班赶活回不来，接到电话的一瞬间，惠婆婆心中升腾起一阵不快，像丛林里陡然燃起一团山火，但年一过完就被自己压制下去了。开春以来，养女的电话日渐稀疏。一周一次的来电拉长到一月一次，最近几个月干脆音讯全无。对于焦急等待电话这件事，过去是感同身受，现在却是身临其境。特别是到了夜晚，她变得很警觉，听觉似乎比以往更灵敏，学校里挂在屋檐下用来指挥上下课的铃铛被风带出微弱的叮当声，都被她当作电话来电的铃声了。曾经有好多次，她觉得是因为去陪伴德华婆娘错过了电话，但总是忍不住又被自己否定掉。她力图用养女太忙来宽慰自己，但常理又暗示她这不是一个好理由。她不断回味养女春节以来为数不多的电话内容。那些内容简单明了，没有像以前东扯西拉。打工的人都很忙，在疲于奔命，不像在山沟里闲聊，家长里短半天就过去了。这一点，她认为她比德华婆娘她们那些人都了解。她还知道，打工的年轻人总是报喜不报忧。她又揣摩起养女打电话的语气，有时候觉得像是敷衍塞责，有时候觉得像是冷漠。但转念一想，也有可能是累得疲惫不堪，有时候是匆匆忙忙，有时候可能是被突如其来的事情打断……时不时地，德华婆娘骂儿子白眼狼的话在她耳边响起。儿子是她亲生的，怎么骂双方都不觉得生分，毕竟是自己身上掉下来的一块肉。可那种话对于惠婆婆，却像一个铁齿钉耙，在心中耙出一排排血印。儿大不由爹，女大不由娘，子女翅膀硬了，总要往外飞，可自己放出去的，很可能是一只就要断线的风筝……她又回想德华婆娘反复唠叨的关于儿子的梦境，那些梦境又引发她对养女某种不测的担忧……她陷入各种疑惑和漫无边际的猜测中。本来她忍着，强迫自己什么都不往深处想，既不敢，也不愿意。但这些日子，德华婆娘把她的心思搅乱了。

这一对老姐妹身形各异，性格也有明显反差。一个强势张扬，一个内敛隐忍。要是像德华婆娘那样的性格，几个刨根问底的电话打过去，不弄个清清楚楚不罢休，就不会在内心这么纠结了。她就是这种秉性，总爱自己折磨自己，把自己的心当作一团面，揉来揉去，揉不出形状。她也曾经想过给女儿去个电话，念头一闪而过，却又莫名其妙打消了。凭着这几年她守着电话，听到的那些在外打工父母和家人对话的内容，她明白那些人也过得不容易。没事打电话，是给他们添乱。即便电话接通了，那些如鲠在喉的疑问怎么才说得出口呢？如果哪一句话说得不恰当，又怕伤了对方……她一共拨过两次电话，一次无人接听，等了几天没有回应。后来一次按了一半号码，烫手似的赶紧又放下了听筒。那听筒对她来说，似乎太沉重了。

德华婆娘继续催促她给儿子打电话，她每天都把写着儿子号码的纸条攥在手心，急切等待惠婆婆答应。那张学生练习本上撕下的纸条被她揉得皱皱巴巴，汗水一遍又一遍润湿了纸条，号码已经模糊不清。

德华婆娘横蛮起来无人可挡。她捶胸蹬腿，撕扯自己胸前的衣服，逼着惠婆婆就范，甚至以死相逼。她斜着白眼，狠狠地说："我要死了！活了今天还不晓得有没有明天咧，你快让他赶紧回来。你不打这个电话，我挺尸给你看看！"

惠婆婆本不想打这个电话，她自己的事剪不断理还乱。但是，面对鬼门关走了一遭的德华婆娘，特别是现在这种惨淡的状况，她又有点不忍心。她可以转而去求德华，但那容易挑起他们夫妻俩的不愉快。况且，这是德华婆娘在央求她。这是两个女人之间的事。

德华婆娘又开始故意不肯进食了。她消瘦得更快。皮肤松弛，像不断风干的柚子皮。她每天寻死觅活，叫喊着要见儿子。就连德华老汉态度也开始转变，觉得是该满足自己婆娘的心愿了。面对德华老汉的首肯，惠婆婆意识到自己再也很难无动于衷。

终于，在她一遍又一遍打好了腹稿后，摊开德华婆娘揉得像腌菜的纸条，哆哆嗦嗦按下了电话键。

下午四点来钟的时候，惠婆婆跟跟跄跄向山坡上爬去。她感到浑身疲惫，四肢乏力，虚汗直冒。在离自己房子不远的地方，她走不动了。太阳光依然炽热。她找了一块被大树树荫覆盖的石板坐下。德华婆娘停枢三天，早上出殡，然后垒坟。后山那块墓地里野草在疯长，葱葱茏茏，德华婆娘的新坟格外显目。她的葬礼确实有点恓惶，吊唁和守灵的人稀稀落落。抬棺的八大金刚差都凑不齐——壮劳力大都出门在外了。惠婆婆想起这几天德华悲恸的嗷叫，他儿子一直古怪而又木然的表情，还有从娘家匆匆忙忙赶来的惊愕而又悲伤的亲人，鼻梁又开始酸痛。

惠婆婆抬起头，情不自禁地望着那条山路。山路弯弯曲曲，时而被一座山丘或者一片树林遮挡，连着一条新修的大道，无限地伸向远方。她记得，在天地相连的那边，有一望无际的田野。稻子、棉花、麦子在土地上周而复始地种植，成长和收获。那里还有一个大湖，周边生长着成片的芦苇。一个树竹相裹的村庄里，有几个她们俩童年曾经和男孩子一起掐荷花摘莲蓬的小荷塘。她们俩说好了一路走下去的，现在却留下她踽踽独行。她们之中总有一个要先走，但像现在这样戛然而止，违背了当初的愿望。原本是团团圆圆的几个家，现在却陷入缺梁少椽，柱腐门朽的颓塌境地。年轻的在逃离，年老的难以陪扶支撑……她难过地闭上眼睛，脑子里一片冬天肃杀的景象。

惠婆婆闻到了自己身上散发出的一股汗酸味。这几天忙得晕头转向，都没来得及回家洗漱一下，换身衣服，也没有睡个完整觉，只是抽空打个盹。从听到德华老汉惊恐的呼叫开始，她就飞奔去施救。她看见一个喝空了的呋喃丹农药瓶子还捏在德华婆娘僵硬的手上，德华婆娘嘴里冒着泡沫，眼珠子发直，都转不动了。后来，她给她擦身子，清理那些呕吐物，帮着入殓，她一直没有哭。直到那些吊唁的人对着棺材和遗像磕头时，她才似乎明白两个一起嫁到这个山沟里的人已经阴阳相隔，她放声大哭，哭得天昏地暗。

她最后悔的是没有一直守候在她身边，而是把她交给她儿子陪伴。她儿子不情不愿地说只有七天假期。这个婆娘，居然把自己入土的日子都掐准了，也不肯耽误儿子一天时间。

她在擦拭她嘴边冒出的泡沫的时候，心疼得手发抖，毛巾都捏不紧。有那么一刻，她怨恨她以这种方式离世而去，给活人留下太多的不忍。现在想想，对于一个无法挪动瘫痪在床的病人，一心求死，恐怕很难找出其他方式了。

她不明白，为什么在她打盹的时候，那只贴在农药瓶子上的骷髅图像总是挤进她的脑子里，驱赶她的睡意。一直到现在，脑子里那幅骷髅图像依然挥之不去。渐渐地，一些这几天若隐若现的疑问开始清晰地浮现起来……想着想着，她在这燠热的空气里猛打了一阵冷噤。她的脑袋轰然一震，血往头顶涌，胸口堵得难以呼吸，身子一下瘫软在石板上。

她勉强回到家里躺下。她被那些纠缠不清一团乱麻似的疑问击倒了，只觉得恶心，心境异常灰暗。这让她情不自禁联想到自己的养女，一个劲地往不愉快的方向想，想得她心灰意冷。在她的心里，不自觉地冒出一个令自己都吃惊的念头。她的脑袋不断嗡嗡作响，发出农用车引擎启动一样的轰鸣声。太阳穴两边突突跳动起来，似乎在怂恿她催促她做出一个决定。过了好长一段时间，她的呼吸依然急促，但脑子里反而轻松坚定了。她支撑着爬起来，从碗柜里摸出两个三天前蒸熟的冷土豆吃了，皮都没有剥干净。她的力气恢复了一些，绕到屋后，检查了一遍鸡笼，没有发现黄鼠狼入侵的迹象。一些鸡蛋还在鸡窝的一层薄草上面，其中一个鸡蛋还带有一丝血迹。那只大公鸡带领那群母鸡一如既往在树林里觅食，一副悠然自得的神态。几摞黄纸钱和几沓仿真的百元千元的冥币搁在鸡笼上边的木板上。这是托坡下的人买来的，今晚是七月半，天黑了要用。

木板上还搁着一只破旧的竹篮，那根绳子还在里面。绳子有大拇指粗，五米多长。那是养女上年春节捆绑大箱子带回来留下的。她曾犹豫过丢不丢掉。这根褐色的嵌有白色金属丝和掺了暗红色细线的绳子太像一条蛇了，无论放在什么地方，都像一条横躺着或者盘曲的山林里的毒蛇，猛地看上一眼，令人惊吓和生厌。她把它取出来，挽在手里。此刻她心中的另一种力量压制住了对这根绳子原有的厌恶和恐惧。她又转回堂屋，目测了大门门框的高度，她觉得踩着一把高椅子就可以把绳子穿过去打个活结。门框很结实，足以承受她挂着的身体的重量。她观察得很仔细，觉得心中有了底。她去找了一个包袱，把鸡笼里的鸡蛋掏出来包好，又到卧室，把抽屉里的钱一股脑全抓起来，塞进包袱里。这是准备留给蓉儿的。今晚七点半，是蓉儿姐弟俩接听父母电话的时间。她想，最后无论如何都要对蓉儿尽一份微不足道的心意。

太阳要落山了，从暮云里射出的光亮把山野照得明明暗暗。惠婆婆仿佛听见姐弟俩走路的声音，她探出头，没看见人影。那群鸡慢慢聚拢，过一会就要归笼。惠婆婆看了一眼挂钟，七点一刻了，她心里开始有些着急。要是在以往接电话的那一天，蓉儿早就带着弟弟来等着了。蓉儿喜欢手跟手脚跟脚黏着她，惠婆婆前惠婆婆后甜腻腻叫个不停。有时候，她把作业带来，很安静在惠婆婆准备的凳子上写写画画，偶尔，她会抬起头，朝着惠婆婆嫣然一笑，把惠婆婆眼睛弄得湿润、模糊。

她瞥了那张白纸上的日期一眼，揣度着以后姐弟俩的日子，心里有点惶恐慌张。蓉儿是她最喜欢的一个小孩。特别是养女中断了电话联系后，只要蓉儿走进这间屋子，她都莫名其妙地心跳。她那双眼睛和养女的眼睛太相像了，简直像一个模子里印出来的，都是那么晶莹透亮，一对双眼皮眨巴眨巴，显得又大又圆，漂亮得让人心疼。第一次见到她时产生的那种异样的感觉几乎一直保存到现在，她觉得与这个女孩简直有两辈子的亲缘。有时候，她恍恍惚惚觉得蓉儿是自己的另一个女儿，有时候又觉得她俨然是自己的亲孙女。

蓉儿带着弟弟走进来的时候，离七点半还有一两分钟时间。蓉儿看见惠婆婆手里的东西，发出一声尖叫，转身就要逃跑，握着的手电筒差点掉下来。电话铃响了，弟弟抢过去一把抓起听筒，拖长调子说了一声"呃——"

"假期都要过完了，暑假作业做完了没？"电话那边传来父亲的声音。他一接通电话就开始问作业的事。

"差不多了，就还剩下一点点……"

"什么叫差不多？一个暑假这么长，就那几套练习册，还值得拖拖拉拉？"父亲的口气有点冲。

父亲顿了顿，追问道："是语文还是算术差一点？"

"都差一点，语文差得多一些，拼音老填不准，还要填一次查一遍字典……"

惠婆婆对这些电话内容习以为常了。那些家长们总是拨通电话就开始关心孩子的作业或者考试成绩。他们单刀直入，劈头盖脸，从不拐弯抹角。似乎孩子们理想的学业才能凸显他们在外颠簸劳累的意义。

惠婆婆离开堂屋，将屋后鸡笼上那只竹篮取下来，把纸钱和冥币装好，把手腕上的绳子也放进篮子里，提到房前临坡的石坎上准备着。男孩的父亲还在和儿子聊作业的事。蓉儿低着头抠指甲玩，但两只耳朵却专注地听着。

显然，儿子被追问得有些不耐烦了，嘴巴撅起老高。父亲觉得问够了，或者意识到儿子已经开始不满了，就转移了话题。

"嗨，跟你说，我托三叔给你们带点钱回来，供你们开学用，除了杂费，其余的让你姐给买些牛奶补品什么的……"

"男孩子长身体，不能耽误！记得不?"父亲紧跟着又强调了一下。

听到最后一句话的时候，惠婆婆瞟了蓉儿一眼，正巧蓉儿的眼神也转过来。她们俩相视一笑。

蓉儿一出生，她父亲就很不满意，生了很长一段时间闷气。直到生了个儿子，脸色又开朗起来。

这时候男孩子说话的劲头似乎又挑起来了。可是他听见父亲在喊他母亲跟女儿说几句，他赶紧说："告诉你哟，姐姐的作业也没做完呢，她还有好多，好多……"

儿子每次都是电话里的主角。父亲很少跟女儿说话，基本上都是父子说完了，母女才简单收个尾。

蓉儿赶紧接过听筒。每回她都有太多的话要说。但要她主动说，又不知怎么开头。她习惯了被动听，被动答。好在母亲更心疼她一些，问这问那，似乎有说不完的话。但收尾的电话总归很短暂。

她从母亲的电话里，得到了很大的满足。父亲的电话对她来说，几乎是一种奢望。她暗暗嫉妒过那几个班上的女孩，她们和父亲通电话，总是叽叽喳喳没完没了。她有好几次想过，哪怕父亲批评她，埋怨她没照顾好弟弟，即使很长很长时间不挂断电话，她都愿意一直听下去。

"德华爹家的老伴前天走了，吞药水了的……"

蓉儿不愿意母亲这么快挂电话。她说的可是村里的新闻。

电话那边停顿了一会，好像母亲和父亲低声议论了几句。但电话该收尾了。母亲说了一句：

"嗯……晓得了，你照顾好弟弟！"

天空像有一只巨大的黑网罩落下来，树影开始变得模糊，天地逐渐黑成了一片。从后山墓地方向传来一阵鞭炮声。山沟里进入一个七月半的夜晚。惠婆婆揭开那些黄纸钱，在石坎上慢慢烧起来。蓉儿姐弟俩打完电话，走过来观看。火光中，惠婆婆挥了挥手，让他们离开。可蓉儿不肯。她还有好多话要和惠婆婆倾诉。暑假结束时班主任找她谈话，说她是自己教过的最优秀的学生，如果她愿意，可以跳一级。这是她的秘密，她只给惠婆婆说过。即将开学了，老人家答应过给自己拿主意的。她心中还有个愿望，将来，她要考进县里最好的高中，她要把乡里送来的喜报和大红花挂在惠婆婆的墙上。

弟弟调皮地在火堆旁跳来跳去，甚至想用树枝拨那些摞着的纸钱，好让它们烧得更快一些，被惠婆婆呵斥住了。篮子里的纸钱越来越少，纸堆上的火焰小了下来。那根绳子还在篮子里面，宛如一条蛇蜷卧着。蓉儿不肯离开，但她不敢朝篮子里看。

弟弟看见惠婆婆神秘地和姐姐耳语几句，姐姐才答应带弟弟回去。惠婆婆给了姐姐一根竹棍。弟弟看见姐姐指了一下篮子，娇嗔地对惠婆婆说，把它也烧了，我好怕它！

姐弟俩打开手电照亮下坡的路，伸出竹棍敲打地面，呼呼地扫着面前的草丛，驱赶着什么。蓉儿回头望去，那堆火焰又亮了一些。那肯定是惠婆婆在烧那根绳子吧。她很自信，惠婆婆会答应自己的，这些年来，她一直是这么怜爱自己。

上　路

　　耀文家的流水宴席闹腾了一整天，客人们才陆陆续续散去。直到最后堂弟耀武两口子扛着自家的一张圆桌面和四条长凳出了门，屋子里便空寂一片。

　　天黑了下来。夜幕渐渐浸没了虎渡河堤岸上的人家。日落前挨门逐户此起彼伏的吵闹声、鸡叫猪嚎声稀落起来，最后都被黑夜吸附去，偃息了声响。农家的电灯蜿蜒排列在大堤上，发出萤火虫般的光，随着夜的深沉，一盏一盏地相继熄灭。平原上，整个村庄慵倦地躺着，不由自主地眨着眼，听任睡意袭来，准备度过一个平凡而又陈旧的夜晚。长堤下，虎渡河汹涌的秋水不知疲倦地翻滚着，把光景一波一波带走。偶尔，几声锐利的狗吠陡起，射到对岸，又弹回来，在空旷的河面上回荡。

　　该是歇息的时候了。儿子超生快手快脚地先舀了一大盆热水给淑珍，然后又给耀文端了一盆热水来。儿子很懂事。这几天主动帮父母干这干那，邻居看了都直夸淑珍福气好，淑珍甜在心窝里，一朵笑容始终挂在她那带有褶皱的脸上。

　　耀文把热水端进超生的房屋里搓澡。超生还在堂屋里拾掇着桌椅板凳。耀文的房子坐落在东岸的河堤上，是有些破旧的三间瓦房。一间堂屋带着两边厢房。北边厢房是他和淑珍的卧室，南面厢房就腾给了超生用。超生考上大学，就要离开家远行了，做娘的，自然要抓紧时间对儿子千交代万嘱咐，要喋喋不休地倾吐她的担忧、不舍与挂念，还有那么一点点惆怅。所以，今晚耀文就特地挪到超生的房里来睡。

　　耀文敷衍地用热水擦了一遍身子，然后坐下来泡脚。白天办喜宴，请了老师、亲戚和一些邻里乡亲，从早忙到黑，脚步没有停顿，脚板发硬，也有些酸。热水一泡，足底的血就畅快地往上涌。耀文觉得这样很受用，两只脚板交替搓着脚背，很舒坦地享受着，但眼神却似看非看地有些木然。屋外是肃穆的夜。除了偶尔几声狗叫，一切都很寂静。北边厢房里先是母子俩咕咕哝哝的说话声，持续有好一阵子。现在，又变成了淑珍轻轻的啜泣声飘过来——唉，女人啦。

　　男人自然没有女人那么儿女情长。这些天，先是操心儿子的考分，填志愿；喜滋滋地接到录取通知书后，又要给儿子转户口、准备行李、置几套衣服、摆酒席……闲不下来跟儿子好好叙一叙。现在，这一切都办利索了，脑子里反而有些空顿起来，身子骨也有些疲累。本来洗完了就打算美美睡觉的，但北边厢房里女人的啜泣声像钩针轻轻钩动他的思绪，让他脑子静不下来。

　　超生的房子里很简朴。临后窗摆着一张挂了蚊帐的单人床。屋里原本有两张床的，大儿子晓康六年前考大学走后，就撤了一张，这样，屋子便宽敞了许多。房间里比较显目的是一张宽大的木桌，比一般的书桌要大上一倍。那是耀文结婚前自己用杂木板做成的，虽不精致，但很结实。桌面刨得平平整整，油漆也上得很匀称，只是经过岁月的踢踏，桌面已经斑斑驳驳，一副苍老的神色。书桌上一台廉价的台灯凛然地抗拒着窗外扑面而来的厚厚的夜色，把书桌和四周照出亮暗分明的层次。灯罩上的裂口用胶布缠贴着，胶布收口的地方已经剥落，但灯泡依然尽职尽责地发着光。桌上的墨水瓶、铅笔、钢笔、塑料尺、稿纸摆放得很有条理。书桌旁，立着一个书柜（严格说，那只是一个简单的书架），里面整齐地摆着超生用过的课本、参考书、辞典和笔记本。还有一套褪色的四卷本《红楼梦》落落寡合地夹在中间——那是耀文的心爱之物。房间的墙壁上贴着中国地图、世界地图、元素周期表、历史年表，还有儿子自制的公式汇总表等等。尽管它们排列得有些杂乱，却很撩人的眼光。墙纸的边角，有些墙屑剥落下来。在那幅世界地图上，还印着夏天屋漏时留下的两道黄渍。书柜上的小闹钟发出"嗒、嗒、嗒、嗒"的吟唱，在这寂静的房子里很有些悦耳。

这些年来，耀文还没有如此仔细地审视过儿子的房间。房间里的物品比较单一，一切都与儿子的学习有关，没有额外的摆设及装饰，不像一般的农家里那样芜杂，明显是一间书房的模样，荡漾着书房的情致。当初布置房屋时，耀文就坚持了自己的主见，不让淑珍把米桶、腌菜缸、筛子、簸箕之类的杂七杂八的东西堆放到这间屋子里来。他专门在堂屋后边接了一间矮房，作为存放家什的杂屋。他顽强地认为，孩子学习的屋子里就应当是一个纯粹读书的地方，不能让其他杂物来挤占这个空间，以免转移人的视线，吸引人的嗅觉，对孩子的注意力产生额外的领引。孩子目之所及、手之所抚，都要凸现出书房所应有的那种特殊的感觉——一种视觉上的色调，或是一种心理上的氛围。耀文这种在儿子房间布置上的固执己见，不知是缘于他从小跟叔叔挑灯夜读所根植的意念，还是缘于他对氛围一词的理解与领悟。反正，这些年他就这么坚持下来了，而且不让淑珍对他的坚持有所僭越。在城里，条件好些的家庭，子女大约会有一间单独的书房的。可在乡村，耀文的这种做法就在别人眼里显得有些各色，显得有些脱离实际的别具一格。但不管怎么说，这是一个熏陶人的环境。从这间屋子先后走出了两个大学生，这是一般农户家难以企及和艳羡不已的。所以，现在，当耀文所一直追求的那种感觉围着他升腾起来的时候，他就感到很满足，而且有些自鸣得意起来。

在乡村，走进农家的屋，很随意地看见墙脚立着的锄头、铁锹、犁头、竹筐，那是很平常的事。你要是坐下来，泡杯茶，抽一支主人递上的烟，聊上一阵天，一种奇特的味道就向你袭来。那是发酸的泡菜味、咸中带甜的晒酱味，米缸里清醇的新米香味，陈旧的家具角落里的霉味，割下的菜叶浓密的浆汁味，梅雨季节屋后草垛里及树根下的潮气，猪圈里的鸡屎猪粪臭及厨房里飘散的稻草烟味……这是一种难以言说的混合的气味。每天，它们都或浓或淡地在各个房间里飘动，游弋不定，在房前屋后弥漫，濡染和浸淫着人的每一个感觉器官。这是农家生活不可或缺的元素。你可能没有功夫或者根本不想去品味它，但它是你的影子，你无法摆脱。这类混合的气味家连家、村连村、一辈一辈、一代一代，平淡而朴实，陈旧而古老，滋生于树竹相裹的村落，又潜入成片裸露的或者庄稼覆盖的泥土里，翻动着人们一天天日出而作、日入而息的生活的台历。

　　耀文仔细地审视儿子的书房，像进入了一个陌生的领地，好奇地探究着什么，一点细节都不肯放过。他的心情是平和、开阔、舒缓的。这是一种如释重负，一种成就感所催生出的心境。在这种心境下，耀文的感觉女人般地细腻起来。门窗是敞开胸怀的。河道上掠进清爽的风，带走了初秋的烦热与沉闷。耀文感到奇怪，从进到房子的那一刻起，那种影子似的农家特有的混合气味怎么突然会褪散消失得无影无踪。是被这明亮的灯光刺退，还是被那紧凑的闹钟秒针驱散了？抑或是它们从来没有钻进这间房子里探访过？耀文远离于那种混合气味，沐浴河风赐予的清新，不禁心走神飞忘乎所以起来。屋子里墨香淡淡，书页里一缕缕细细的芳馨游丝般缭绕，墙壁上各种图表里密密麻麻的字母一拨一拨地跳跃，时钟清亮的节奏让人怦然心动……四周散发出一种特殊的气息，它们分明在缠绕、融合，在柔和的光焰下蠕动，构筑一个此情此景下特别的世界。耀文静静地置身其中，舒展身子，张开毛孔，细细地品呷、体味着，恍惚地进入了与那种鸡鸣狗吠、雨淋日炙、犁耕耱耙迥然不同的一种飘然的状态。这是一种久违了的气息，一种撩人的刺激某种记忆的弦音，在激发、在唤醒着耀文心中一种莫名的情愫。

　　女人那边的啜泣声早已停歇了。但那钩针还在，一根一根牵扯着往事。

　　耀文的母亲死得早。那时耀文还光着屁股在地上爬。因此，母亲并没有在耀文的脑子里留下鲜活的形象。在这点上，他和堂弟耀武都经历了同样不幸的童年。耀文和耀武的父亲都没有续弦，这就使得他们担当起既当爹又当妈的角色异常地艰难。耀文刚上初中时，父亲为了救他的亲弟弟，被虎渡河混浊的湍流卷进了河底。从此，叔叔用他羸弱的身躯呵护着雏鸟般的耀文耀武兄弟俩。想起来，那种日常生活的捉襟见肘和困苦艰难真是一言难尽。不过，话又说回来，像耀文这类五十多岁的人，从少年、青年、中年直至老年，有多少人没有经历过坎坎坷坷艰辛的生活历程？尽管他们各有各的不幸。那种窘迫而又痛苦的细节多得无法历数。那种艰涩的人生故事你走过一个村落又一个村落，总会不期而遇。好在终于挺过来了——耀文常常这样自慰——最为苦涩的一段人生之路终于挺过来了。

不是这段经历没有给耀文留下刻骨铭心的印记，也不是耀文面对这段经历显得有些麻木。耀文并不是一个自怨自艾的人。只是耀文不愿去狠劲地回忆它，因为那只能平添些感伤。脚板下的生活本来就沉重，何必额外在心头压一些苦涩记忆的砝码呢？倒是在叔叔督促下读书的那么些日子，给人以温馨的回忆……

叔叔一直亲自辅导耀文耀武兄弟俩的学习——叔叔是这一带资历很老的乡村教师。世世代代在泥水里翻来滚去的农民对老师有着朴实的尊重。尤其是解放前叔叔上过好些年私塾，在乡亲们眼里，就更蕴含了一些稀罕和敬仰。他在方圆几十里都很有些威名。耀文还清楚地记得，小时候，他和耀武趴在桌上描红的时候，他叔叔拿着一根二尺来长的竹鞭立在后面，兄弟俩总感到背后射来冷飕飕的锐利的目光——这种目光即使在乡间的大人们眼里，都感到裹挟着威严。

堂弟耀武被这寒光射得如芒刺背，战栗地、怯懦地承受着，然后是千方百计地逃避。头晕肚子痛这些幼稚的办法变着花样使出来。因此，手掌、屁股经常遭到鞭打。最终，在他父亲极其无奈的叹息中，耀武把夜里读书的时间转移到了繁杂沉重而在他看来却比读书轻松得多的家务活上。

就这样，在叔叔卧室兼书房昏暗的灯光下，叔侄俩的身影日复一日地晃动，耀文印在墙上的影子一天天在加长。当耀文摇头晃脑地吐出一长串唐诗或是千字文的时候，耀文飞快地睨视四周。那竹鞭总是无所事事地躺在桌子上，叔叔眼里那威严的目光变得柔和与慈祥起来。

耀文也挨过叔叔的一顿竹鞭。那竹棍抽在他屁股上灼烧般刺疼，让他终生难忘。父亲去世后，靠叔叔一个人支撑的生活实在难以为继。叔叔脸颊消瘦，泛着菜色，两眼深深地凹进去。耀文是一个懂事的孩子，他决计歇学。他盘算了很久。栽秧割谷他都会，大人们一天挣十个工分，他大约可以挣四五分工。耕田他也学过，虽然耕得歪歪斜斜，那只是力气不够的缘故。冬日里，可以跟大人们一起挑堤挣水利工，或到湖区去筑围堰。一年下来，糊自己的口是不难的，至少，不再是叔叔一个张口吃白饭的负担。耀文下这个决心并不难，难就难在如何得到叔叔的首肯。他一整个暑假都在犹豫，都在想找一个最佳的切入口向叔叔挑明这个话题——他太清楚叔叔对他的辍学会有一个什么样的反应了。

耀文挨了一个假期都难以启齿，没想到付出行动却意外地简明和坚决。开学的第一天，同学们都叽叽喳喳地去报名。先交钱，然后领书本。但耀文没有钱。尽管叔叔出面跟学校说好了先欠着，耀文还是很难为情。欠费的不光他一个，有一大帮。负责报名的就有些为难，脸上挂不住颜色。学校管后勤的人说："哼，怎么不下地给家里挣工分去？——你们都是半糙子劳动力了！"这些话并不是特别针对耀文说的，但耀文也是欠费中的一个。那些话就像一根棒槌捅进他肚子里狠心捣了一下。

一连三天，耀文都躲在暗处抹泪。学也不上，饭也不想吃。叔叔劝、训斥，都没有用。耀文和叔叔冷冷地对抗着，他的心是一头大牯牛也拉不回头了。三天后，叔叔的嘴唇都快磨起了泡，还是没有说服冷血的耀文。他被激怒了，就像一幅正在精心制作的画被人撕毁了一般，怅然若失地愤怒起来，举起鞭子，没头没脑地狠狠地朝耀文抽来。耀文感觉到叔叔鞭子中挟带着一股说不清的恼怒，那股灼热的感觉由皮肤迅速传到心口，钻心地疼。耀文始终咬住嘴唇没有哭。他不能哭，他觉得要是受不了这顿鞭子，他也就自动失去了挣工分的资格。

然而，叔叔并没有继续打下去。虽然下手很重，但并没有像耀文所料想的那样雨点般地落下来。竹鞭忽然在空中顿住，叔叔的泪水哗啦开来，伴着一声男人骇人的嚎叫：

"你这命贱的东西啊！"

耀文到底胜利了，搁下书包，扛起了犁耙，整日在湿漉漉的草丛或泥腥的水田里趟来趟去。但耀文心里并没有与叔叔拉锯战得胜后的快感。别的孩子背着书包从田埂上走过，他心里空空的，直发酸。天天在泥水里泡，这样的选择，没有人强迫他，他是自觉自愿的，但毕竟骨子里情非所愿。

夜晚，叔叔房里掌起灯，叔叔批改作业、备课，耀文在一旁读书。还是不是学生都没有关系，夜晚的功课跟过去一个样。

　　耀文对这样的夜晚怀有深深的眷恋之情。油灯窜出的红黄火苗轻柔地摇曳着，细纱般抚着人的眼。墨汁的香味四周散发，沁人肺腑。书房安详、淡雅的气氛让人宁静下来。白天村里的一切吵闹轰鸣都从脑子里隐去，肌体的酸痛有如洗刷过一般不再在身上留存。房间里飘逸着恬静、怡然的气息。这是一个远离尘世的方寸之地，却给人打开了一个神思飞越的世界。叔叔把床底下木箱里泛黄的书一本一本抽出来，又一本一本放回去。小心翼翼地搬弄它们，不让它们积灰，也不让它们卷边，像宠爱精心收藏的宝贝一般。如果耀文他们在上面稍有涂抹，定会遭到严厉的斥责。这是私塾里出来的人的一种秉性，还是读过圣贤书的人的习惯之举？这些读书之外的细节，给耀文留下了深刻的印象，常令他回味不已。

　　此刻，耀文环顾超生的房间，脑子里闪现儿时读书的情形，心中不免百感交集，又涌起了一种畅快淋漓地读它几夜书的念头。超生一走，这房子就要空下来。即便空下来，也还是不能让淑珍把杂物堆进来。这弹丸之地要成为他耀文的名副其实的书房。农闲下来，他可以不受打搅，肆意地坐在桌前，扭亮台灯，在旧报纸上信笔涂鸦一会儿柳体，然后，吟诵自己钟爱的《红楼梦》……想到这，耀文扑哧地笑了。自己五十多岁的人，一绺绺白发从鬓角往头顶上爬，眼力不济，看报上的小字都要眯起眼睛，还像一个中学生那样正襟危坐地苦读，会不会让淑珍觉得异样和好笑呢？还有，再像儿子一样点六十瓦的灯泡，会不会让淑珍觉得奢侈呢？

　　第二天，耀文起得特别早。天刚露出点亮意，地上的东西看得还不是很真切。村里的人没有急事或不是农忙，一般是不会起这么早的。耀文觉得无事可做，又不忍心弄醒了淑珍和超生，便在屋里蹑手蹑脚走了几个来回。想了想，还是把水缸里的水挑满吧，昨日缸里的清水用得差不多了。

虎渡河被一层薄雾笼罩着，满满的一河秋水汪汪洋洋，混浊而又急速地下泻，发出沉重的喘息声。这真是少有的秋汛。河水漫了堤坡，淹了堤边一片村里水牛歇息的柳林，垂下的柳条无奈地在水里来回划动。露水把堤坡上的草浸洇出湿气，脚下有些滑。几趟下来，耀文觉得有些热，就敞开了上衣，让凉意灌进怀里。挑满了水，耀文又在缸里下了明矾。他估摸到了午饭时分，缸里的水就会澄清澈了。这时，天亮了，耀文的心境也明亮起来。

耀文起这么早，并非急于要把水缸挑满，而是一个睡梦把他惊醒。本来，昨晚他睡得很沉，也很香甜的。恍惚间，他听见了叔叔的声音。那是叔叔临终前躺在床上，手无力地摊在他面前，嘴里发出的低缓声："我的大限已到，你们兄弟两好自为之啊……耀文，你是老大，一切都要靠你撑着。娃儿们要读书，这是至要。你不能再干傻事了！待后人们有出息了，到我坟前多烧点纸……"朦胧中，耀文想握住叔叔的手，却怎么也够不着，想哭，又有什么东西压着胸口，哭不出来，于是，他被憋醒了。

醒来的耀文望着空荡的房子，打了一个寒战。刚才明明是梦，却和当年叔叔临终前的情形差不多。梦在复制现实。是叔叔走的情景太沉重，是叔叔的遗言一直让自己魂牵梦绕，还是叔叔昨晚真的来到床前？耀文反复在心里思忖着。这时候做这个梦，总让人觉得有点怪。

耀文决定到叔叔的坟头上走一趟。他把想法跟淑珍说了。淑珍侧过脸来望着他，怔了怔，片刻，便说好吧，就吩咐超生到村里小卖部去买些草纸、冥币、外带一把香来。淑珍通情理。她觉得这时候男人突然想到办这件事，虽说不是逢年过节，但并没有张扬的意思。村里的人都说她家祖坟埋得好，赶这时节去烧烧纸，也应该。只不过耀文并没有把梦告诉淑珍，他不愿让女人把事情搞得太玄乎。

叔叔的坟头就在耀武屋后的菜园里。耀武的家在河堤下边的村口上。青砖房，两层平顶。砖也买好了，准备加盖第三层，留给儿子晓军娶妻生子。无奈儿子不遂父母的愿，不肯上学读书，还发誓一辈子不在农村呆。贩了水果到镇上去卖，支过炸油条早点的油锅，也摆过摸奖的小摊子，都鸡零狗碎地不长久。后又跟些狐朋狗友今天到广州，明天上深圳，一个劲伸手要钱，还有债主讨上门来。耀武打，爱人先凤骂，都不顶事，两口子为了儿子没少吵嘴抹眼泪。耀武就很沮丧，减了盖房的兴致。从窑厂拖回来的砖和锯好的木料就在后院里闲堆着。

与耀文相比，耀武的身子板更结实一些，胳膊上、腿上肌肉往外鼓，言行举止更像一个纯粹的庄稼汉。耀武的心手很活络。小时候捉鳝鱼、河沟里布网，能赛过大人。捉鱼虾到集市上卖，零用钱比别人挣得多。跟读书比较，这算不了正经活，但却是一个既实在又实惠的本事。早些年，他在村里第一个种早辣椒和早西红柿，抢了好几年镇里菜场上蔬菜价格的头筹。后来，他又在冬天架温室种蘑菇。等到别人搞大棚蔬菜了，他就买了一台拖拉机在县城工地上拉砖瓦沙石。他是村民眼里发家致富的样板。以他的实力，再盖一层楼不在话下。但儿子一年四季在外面鬼混，不肯脚踏实地在庄稼地里刨，耀文耀武两边的优点一点都没继承下来，这成了耀武两口子心里面一个沉甸甸的疙瘩。

超生拎着买好的香和纸钱前面走，耀文在后面跟着。走到耀武的门口，超生很懂规矩地把这些东西搁在门口，没带到屋里面去。进门就喊道："叔叔、婶，我们给么爹上坟来了!"婶娘先凤正在后院劈木柴，地上撒了一地的木片、木屑。超生连忙跑过去，接了斧头就劈。先凤就拿过一把撮箕，把木片和木渣收起来。

耀武递了一把椅子给耀文说："哥，你坐会儿吧。超生准备什么时候动身?"耀文答道："还没有定咧，还得些日子，个把礼拜吧。不过，这回的路程也太远了，到上海，走好几个省，又没个伴……"大儿子晓康上学时，有同学的父亲送孩子，就把晓康捎带走了。这回超生没有伴，耀文难免有些发愁。

"要是晓军在家就好了，他是可以送一送的，他在外面跑得多。"耀武这时忽然想到了自己的儿子。"他现在在哪?"耀文问道。"这个造孽的，影子都抓不着。要钱了，才回家打一捞。真是个孽种!"耀武有感而发地骂着儿子，心里愤愤的。耀文知道这是一个尴尬的话题，越往深里说，耀武越难受，就岔开了话，说了些别的，然后，就向耀武说了昨晚梦里的事。

耀文说起叔叔，耀武就自然勾起对父亲的回忆，说着说着，俩人都伤感起来。特别是耀武，心里边拿晓军跟耀文的两个儿子对比，更添了一份悲情。兄弟俩悲悲戚戚了一番，耀文就起身给叔叔去上坟。

叔叔的坟冢很大，他们兄弟俩每年都要培一次土。坟冢的旁边有一棵桃树，满树的桃子已被摘光，还依稀剩些残果。另一棵高大的柚子树，青的黄的柚子碗口大，很有些压枝。这两棵树，当初是耀文提议栽的，倒没有什么特别的寓意。村里的乱葬岗不可能栽什么东西，自家的园子很方便。每年秋后都有小孩来讨果子吃，叫的、闹的、笑的，给这孤寂的坟头添了一些热闹。叔叔当了一辈子孩子王，看到这些活蹦乱跳的小孩，他会得到一些安慰吧。

耀文把一捆粗草纸一小扎一小扎地分开，对折起来，架到地上烧。待火旺起来，又把精致的冥币搁在火上面。超生在一旁将一把香分成三束，就着火点燃，插在了坟头。然后，恭恭敬敬地跪下来，一边磕头，一边口中喃喃道："幺爹，超生考上大学，给您烧纸钱来了。超生要出远门了，会给祖宗争气的……"

青烟在袅袅升腾，风卷着灰烬翻滚。耀文沉沉地望着四周。树叶在风的撩拨下摩挲着，飒飒作响。巍巍峨峨的河堤挽起村庄，向天边蜿蜒而去。天高云淡，显出无限的悠远。眼前，一座坟冢，把死者与生者间隔成阴阳两个世界。一个庄重的仪式，架起了一座连接过去与现实的桥。耀文的思绪就在这桥上踱来踱去。儿子跪在坟头，虔诚地发着誓愿。那嚅嗫的声音把耀文击打得恍恍惚惚。耀文仿佛看到坟里面叔叔露出欣慰的笑容。秋日白刷刷的很是刺眼，耀文的眼圈湿润起来，有些模糊。儿子在叔叔坟上还愿，也何尝不是在替他还愿？小的时候，叔叔就经常给他们念叨"耕读传家"之类的话，还让他们写过"耕为本务，读可荣生"之类的对联。耀文还记起小时候叔叔晃着头，眼目半闭，拉长声调道："朝为田舍郎，暮登天子堂——"想必，这是叔叔读私塾时的梦，也是祖辈的心愿吧？这心愿一代一代传承下来，到现在总算是有了一个交代。这种心思扯着鼻腔里的一股酸液直往眼眶上涌，耀文眼里的泪就不由自主地摔到了地上。

耀武匆匆地从屋里出来，把手里拽着的纸卷儿塞给耀文："哥，这钱拿着，超生在路上用吧！"耀文听说是钱，赶忙摆手："这怎么行？昨天他婶给了的……"耀武使劲地往他怀里揣，说："这是我单独给超生备好的，快接了吧！"耀武的态度是不容推辞的，耀文从他那用力的手掌感受到那份坚决，只得收下，口中呐呐道："这怎么好，这怎么是好……"

上完坟，大家就从菜园里进了屋。超生又给婶娘帮忙去了。两个男人坐在堂屋里抽烟唠嗑。一群鸡在门外的稻场里悠闲地觅食，一只小黄狗摇着尾巴相安无事地夹在中间嗅来嗅去。秋闲的日光像老牛的步子一样舒缓。后院里先凤那絮叨的声音传来：

"把这几根劈完就算了。中午我给你做饭吃。上了大学吃婶的饭就难上难了。还是你们弟兄俩争气，两个状元郎哩！我那晓军要是赶上你们的一半，也是我前世修来的福……"

"晓军哥也挺好的……"超生用低低的声音回应婶娘的话。

"你尽捡好话说。他好在哪儿？整天东游西荡，哪有件正经事？哼，这样由着他，鬼晓得要成一个什么样的人？我这一辈子算是没什么指望了，比不得你妈，有的是福在后面。我死了，还不晓得哪个来给我送终咧！"

"我会一样地孝敬您的。"还是超生那低低的声音。

现在田里的事不急，弟兄俩就拢在一块扯闲。耀文望着后院码叠着的青砖和木料，问耀武什么时候开始盖房，要盖就选一个雨水少的时候盖。耀武说盖是想盖，东西都准备齐了，也没有必要退还给人家。但晓军像树叶一样地满天飞，现在的两层楼，自己和先凤够住了，还盖一层给谁呢？耀文说，现在乡里头一些年轻人，心花得很，一阵风刮过，就飘起来。等他们省事了，自然要回来娶妻生子，落叶总要归根的吧？耀文劝耀武收了中稻后就把房子盖了。说晓军一收心，说声结婚就要办事的，提前点准备心里踏实些。耀武望着那日晒雨淋颜色暗淡下来的砖堆，既不摇头，也没点头，眼色很有些忧戚。

超生被婶娘留下来吃午饭。耀文望了望日头，还早，离吃中午饭还有一个多时辰，就辞了耀武一家，说要到田里去看一看。耀文的田在村南，有一大截路要走。耀武给的那纸卷儿放在衬衣兜里，贴着肉，有些蹭人。耀文走过了水渠的木桥，瞧瞧四周没人，就把那纸卷儿掏出来数。有一百元一张的，有五十的，也有十元的票子，整整一千块。耀文捏着这一把票子，望着空空旷旷的田野，心就软软地化成了一泓清水。他和耀武的命运，由父辈们舍生忘死来铸炼。兄弟俩的感情，又是经由了命运的苦水浸泡、煎熬。这种不带杂质的感情，即便各自有了家以后，还那么纯真。想起村子里那些亲兄弟间为了分家打破脑袋的事，耀文就觉得一股温情在撞击心房，就有了想哭的感觉。

一千块钱当然不是个小数目，尤其是耀武背着先凤拿出来，肯定很攒了些日子，也花了一番心思。耀武说是他单独准备的，这种暗示耀文明白。他们在成家前，一锅饭俩人吃。成了家，背着媳妇伸手帮一帮的事经常有，早已形成了一种默契。既然形成了默契，他就不会节外生枝，不必向淑珍漏口风，更不会传到先凤耳朵里，何必在耀武和先凤间造成罅隙呢？况且先凤是一个有脾气的女人。

先凤曾经为耀武隔三岔五地给耀文钱大吵过。先凤说，你这哥又不是你的亲哥，犯得着你贴心巴肝地对他？你还顾自己的家不？谁叫他生了一个还不够，还要超生一个？你这样不巴家，日子还怎么过？在耀武看来，夫妻间的吵嘴闹别扭是有一个楚河汉界的。界限以内，是牙齿咬舌头，疼过一阵子，照旧亲亲热热搅和在一起。超过了界限，就是水火冰炭，相容不得。比方对父母亲不敬不孝，就是超越界限不能放过、不可原谅的事。现在父母都不在了，只有一个哥。这哥俩的关系是同甘共苦生死患难挽成的死结，是解不开剪不断的。剪断了这个结，那日子真还有什么过头？耀武气得古铜色的脸由青变紫，胳膊上的肌肉一抖一抖的，先凤就害怕地退却了。其实，耀武家也少不了耀文的照顾。耀武外面的活多了，田里赶急的事，也就靠着耀文这个当哥的打点理抹。办什么大事，还是要靠耀文这个当哥的拿主张。慢慢地，先凤也感到少不了当哥的做依靠。只要耀武对哥的援手伸得不太过分，还是能够体恤的。想到这些，耀文心中不免生出许多感叹：唉，一辈人有一辈人的往来纠葛，一辈人有一辈人的感情厚度。你看，到了晓康晓军这一辈，不就淡得没影了吗？

日头不知不觉爬上了顶。耀文站在自家的责任田前东瞅瞅西望望。一大块稻田连着一片藕塘，载负着耀文年终收获的期望。中稻已经灌浆，到了晒田的时节了，满田的稻色泛着微黄。晒完田，就要打谷晒场。这两亩田，可收一千多斤谷子。还有那片藕塘，开春下了些鲫鱼苗，约莫有半斤多重了。冬季农闲下来，就要请人抽干了塘捉鱼起藕。卖藕是大头。耀文又默默地盘算着收入，如果没有赊账的话，能落多少现钱到口袋。其实这种盘算早在开春时就做过。中间也不知盘算过多少遍。现在又在脑子里打腹稿，多少有些无事找事的意味。从耀武家出来，说到田里看看，其实也是找了一个无谓的由头。现在地里、塘里都不需要他来特别地关注什么，或者做点实质性的事情，离该动手的时候还早。不知为什么，从昨晚到现在，耀文总觉得有种没有目的、无所事事的散漫情绪在缠绕着他。这种情绪又牵引他去漫无边际地回忆过去的事情。

这么多年来，回想过去的事情也是经常有的，或是跟别人谈起，或是偶然地自我默想，但那只是一种闪回，或是一种有针对性的叙述。总之，是一种片段或细节的挑拣筛选，似乎没有像现在这样无拘无束、无羁无绊地信马由缰甚至有些杂乱无章。或许是超生的前程有了着落，心里的石头落了地，或许是人一过了五十岁，就到了经常平和而又沧桑地回首过去的年轮了。

一阵秋风迅疾掠过，稻浪一片一片翻滚起来，向远方延伸而去。塘面也激起一片金色的波粼。荷叶在水面上微微摆动，晶莹剔透的银珠在荷叶上滚来滚去。田野上氤氲着的庄稼的清新和土地的野气包容了庄稼人的情感，一年四季都让人滋长着对土地的亲和力。耀文在这块土地上翻滚了几十年。他了解它们的禀性、脾气和需求。他甚至觉得他了解它们四季变化中所蕴藏的不同滋味。这是一种人与土地相互依存、水乳交融后所衍生的自信。这代人对土地的情愫，下一代中不好找了。晓康、超生身上很淡薄。即便是晓军，也要斩断与这块土地注定一辈子的情缘，去谋求他心目中的新生活。真不知该为他们可惜，还是可悲可叹。

这一辈子，耀文算是故土难离了。不像儿子他们这辈人，总希望从这块土地上走出去。晓康超生他们走得那样艰难而又利落，晓军他们走得那样义无反顾。到底是年轻人呐。人都有年轻的时候，年轻人的心是容易悸动的。耀文想起小时候，跟伙伴们一起在堤岸上看轮船的情景。那时候，虎渡河定期驶过一艘小客轮。涂着五颜六色、飘扬着三角形小彩旗的客轮轰轰隆隆地驶过来，又突突突突地扬长而去。客轮在尾部掀起一层层八字形的波浪，卷到岸边来，把堤岸打得噼里啪啦直响。那是一个激动人心的场面。伙伴们对着客船狂喊乱叫，在草坡上打滚。突然，有人对着船上张望的乘客不知所措地尖骂一声，以此来宣泄一股莫名其妙的情绪。当轮船从视野中消失的时候，河里的水浪也渐渐平息下来。那艘船是不负责任的。它把岸上人的激情胡乱拍打了一番，然后，自顾自地逃离了。这时候，耀文怅然若失地怨恨起来，有些茫然，有些沮丧地伤感，心也随那轮船带走了。他渴望登上那艘船，随着河道漂泊，然后到一个陌生的地方上岸，找一个可以读书的地方，待上一段时光，或者过上一辈子……这种渴望的意念，耀文在跟叔叔一起读书时也无端地闪现过，但是很朦胧，没有眼前这么清晰。可能是那船，那缓缓消失的客船，成了牵引这种渴望的形而上的载体，在他的心田上驶过，划下了深深的一道波痕。

几十年如过眼烟云，转瞬而过。河依然是那条河，日日夜夜，川流不息。耀文已经是准备迈进花甲之年的人了。河上的客船早已停航，四通八达的汽车取而代之。那船划出的波痕却没有隐去，现在却反而清晰地浮现出来。两个儿子都出去了，他们找到了自己该上的码头，要把父母撂在一边，过自己的日子。耀文真有些嫉妒地羡慕他们。外面的世界真精彩，歌都是这么唱的。可自己半截身子进了黄土，都没伸出头去窥探一下。这下好了，两个儿子的重担，现在已经卸下了肩，可以松口气，活络活络一下筋骨。是不是也该出去走走呢？

这种念头一闪起，耀文的心就突地跳了起来。出去走走的愿望一直被生活的负担挤兑着，蜷缩到一个久已遗忘的角落，奄奄一息。现在却被激活，鲜花怒放般舒展开，越来越浓烈起来。超生上学是个机会。原打算让儿子一个人走的。如果自己送儿子上学，沾儿子的光，就能够堂而皇之地到高等学府去见识见识，肯定能碰见一些像叔叔一样读私塾出身的老先生。听说大学专门有图书馆，书多得像山。这回一定要看一看，究竟一个人一辈子能不能把那些书读完。自己的路费属于筹算之外的一笔开支，但不是大问题。晓康寄回一笔，家里额外贴一些。再说，今天耀武又给了一千。对淑珍怎么说呢？就说超生太小，路程远，自己送放心一些。摆这个理由，就足以说服淑珍，她是不会觉察那隐微的念头的。到上海，既可坐汽车，又可沿长江而下走水路。对，就坐船去，虽然慢，如果明天动身的话，时间就够用了。这回一定要坐坐船。

时间、费用、路线，耀文像精心盘弄庄稼一样，在心里把这些事都仔细盘算了一遍，觉得这个方案是可行的，就很满足地坚定了明天上路的决心。藕塘里的一条鱼带有挑逗意味地嬉戏，将头浮出水面翻了一个滚，搅出一片浅浅的涟漪。耀文这时竟童心大发，拣起一块薄薄的泥片，奋力向塘中掷去。霎时，宽阔的水面上漂出了一条优美的弧线。

尿床的男孩

一

时隔一年多后，男孩小兵又一次开始尿床了。

这次尿床的感觉跟以前几乎没有两样。朦朦胧胧中，小兵的下体骤然发热，随着两腿本能一夹，一股热流从腿缝中喷涌而出。一霎间，屁股下面就形成了一摊带腥臊味的积水，很快向床单棉絮渗透。蓦然惊悚而醒的小兵，迅疾陷入惊慌失措之中，然后是羞愧和无地自容的情绪在空洞的黑暗里弥漫。

或许，在每一个男孩成长的历程中都有过尿床的经历，也有被大人揶揄和小伙伴嘲笑的尴尬，但对于已经上学的小兵来说，尿床成了一件伤人肺腑的事。小兵告别婴儿期，步入大人们认定的应该具有控制力的年龄后，还是频频尿床，接二连三或者隔三岔五夜里在床单上用尿液勾勒出各种图案。即使在小兵能跑会跳以后，筹集和晾晒尿布依然是家里一件额外的大事。挂在屋前成排的尿布密集又扎眼。它们或者是外婆旧裤子剪出的长型黑色布片，或者是母亲蓝碎花衬衣磨破肘后裁成的方块，或者是小兵婴儿时期的衣裤拼接成的形状各异的薄片……色彩斑斓的尿布一字排开，在冬日难得一见的时候，它们拥挤不堪，羞涩地占用了邻居家的晾衣竿，迎风翩翩起舞。

"嘻嘻，好一个尿床宝！"

那些无所事事习惯用闲言碎语打发时间的上了年纪的街坊邻居讥讽着，即便小兵在场，他们也毫不留情面。他们随心所欲挖苦的神态像聊天气一样漫不经心。

"啊呵，昨晚吃多了咸菜，水灌多了呢！"母亲很随意轻轻地应对着。

在镇原种场上班的母亲脸上有一对浅浅的酒窝。她是一个和善而又亲切的女人。在小兵眼里，那些街坊邻居纯粹是一种不怀好意的挑衅。小兵不明白，为什么母亲总是那么轻描淡写地回应。

冬天的外婆内心充满了愤怒。她几乎承担了小兵尿床的所有善后事宜。阴雨连绵的时候，她必须把小兵尿湿的一叠尿布连同床单就着灶口的火一张张烘烤。尿布散发出的味道一年比一年腥臊呛人，这加重了外婆的不满。冬日稀少，外婆必须抢在日头落山前把棉絮晒透。她抢起棒槌狠狠敲打着棉絮。那块经年被尿浸泡的中间部位已经板结，成了硬硬的一大片了。外婆佝偻身子，眼皮浮肿耷拉。那双带有白翳的眼睛总是上下翻动。特别是眼珠移动，斜视对方的时候令人恐惧。她一边狠狠敲打棉絮，一边嘴里骂骂咧咧，声音一阵比一阵高。她的叫骂总能吸引那些闲来无事的街坊，小兵尿床又会成为他们消磨时光的话题之一。有的说，还是人小，尿泡收不住。他们把小兵储尿的地方称作尿泡。这是他们观看了无数次杀年猪开膛破肚后得出的常识。反对者旁征博引，举例说下河口有一个年轻人，二十多岁了还在尿床呢，把老祖宗都羞醒啦！尿床嘛，主要是阴湿气重，阳刚气不足……这时候，小兵悄悄躲在房屋的墙角，面红耳赤偷听他们的议论。他们的声音在小兵耳朵里轰隆隆作响，小兵感觉到自己仿佛变成了一只惊恐不安的小老鼠，随时准备钻进墙角的某个小洞里去。有时候，他溜出后门，跑到河边的石头上呆坐，任由河面飘来的冷风吹散他心中压抑的情绪。

外婆愤怒的情绪像灵魂附体，一件不经意的事情就可以引发一连串的咒骂，以至于让小兵觉得她与镇上那个流浪的疯婆娘很相似。据说外婆这种性情的变化，缘起于那个年代的一些人。他们操着北方口音，整整挤满两条渡船从河对面驶过来，冲向堤岸上的人家，气势汹汹挨家挨户"破四旧"。在小兵家，他们砸碎了一对带有漂亮青花图案的猪油瓷罐。母亲对两坛猪油的损失痛心不已。外婆先是像小孩一样嘤嘤地哭，继而耍泼撒野，但无济于事。外婆似乎更在乎那两只青花坛子。那是她家产丰厚早已化为尘土的爷爷精心配置给她的一份不菲的嫁妆，里面曾经装满了银圆，还有她青春的种种酸甜记忆。

小兵频频尿床经常成为外婆愤怒的爆发点。她那双青筋暴起的手在刺骨的冷水里搓洗尿布前，握着高粱穗扎成的笤帚把狠狠抽向小兵的屁股。小兵对于那种皮肉之苦早已麻木了，但对外婆因为愤怒而不断翻动白翳的双眼却充满恐惧，那种恐惧像绳结缠绕在心中。在这些年漫长的夜晚里，他不断重复做一个梦，只有在梦里，小兵才变得无所畏惧。他总是冒出一种冲动，在那种莫名冲动的支配下，自己异常勇猛端起一支枪，对着面前一团模模糊糊的白影疯狂地扫射。一阵畅快淋漓的宣泄之后，他的胯下早已变成水乡泽国了。

在四年级一个春节前的晚上，小兵的尿床戛然而止。小兵清楚记得，那是在遥远城市工作的父亲回来的第一个晚上。架着一副深度眼镜，脸色白皙的父亲给他带回一盒玻璃彩珠，红蓝绿黄的花瓣嵌在里面。无疑，这件稀罕之物增添了小兵在伙伴中说话玩耍的底气，小兵珍藏至今，不肯轻易示人。小兵还记得，那天偷听到外婆叽里咕噜愤恨地向父亲投诉起小兵尿床的事，让小兵的心提到了嗓子眼。没想到父亲却说，毕竟是小孩嘛，长大些，成了大男孩就自然好了。对于小兵来说，那算得上是一次惊心动魄的偷听。小兵当时无法看见父亲的表情，但那肯定是一副无比慈爱，让人心定气静，美妙无比的，世界上最美好的表情。也就是从那一晚开始，干枯的床单让小兵实实在在体味出一种被折磨得疲惫不堪，终于从战战兢兢的梦魇中解脱的快感。

本来，这个暑假小兵脑子里塞满了憧憬。十多天后，新的学年即将开始。小兵他们这批五年级学生就要升至初中，转到初中部那栋三层楼的教室里去。那边有一个肌肉发达、身手敏捷的体育教师，他每天早操时领着一队初中部的男学生练拳、操着木棍练拼刺刀，动作整齐，喊声震天，引得他们这些小学生兴致勃勃围观，久久不愿散去。升到初中部，那将是一个分水岭，是一个小男孩成长为一个大男孩，甚至是一个大人的标志。小兵一直盼望这一时刻的到来，他盼望这是结束尿床的里程碑。他这种炽烈的祈盼就像饱受洪水侵扰担惊受怕希望汛期尽快结束的庄稼汉一样。他幻想一种新的生活和一种新的心境。暑期一开始，他就约了几个乡下的同学起早贪黑到树林里收集知了壳，拿到镇上中药铺里卖。乡下的同学常常这样来筹集学费。小兵则打算到时候买一个黄书包和一顶仿制的军帽。他将一沓挣来的旧钞票抚平塞在床下的一个木盒子里，用那些玻璃彩珠压着。他总是担心被老鼠啃，隔几天拿出来数数。在抚摸那些钞票的时候，他脑子里浮现自己背着黄书包戴着仿制军帽的飒爽英姿，同时，情不自禁想象那些初中部的女同学投来的羡慕的眼神。

然而，突如其来的尿床引来了一片沮丧，也拨动了深藏在小兵意识里面的困惑。要真像父亲说的那样，长成一个大男孩，自然就会好了，那么一切都会成为过眼云烟。当初父亲话里的意思含混不清，却给了他多大的鼓舞啊！他做梦都盼望时间飞速前行，那么他不仅身子骨很快会变成一个大男孩，同时也会被赋予一种应有的阳刚之气。一年多没有受到尿床的困扰让他确信，他长大了。时间给他身体注入了他想要的东西，同时也能消弭一切，包括像尿床之类令人难堪的事情。但眼下，湿漉漉的一摊尿液给父亲的话打了一个巨大的问号。年龄的增长并不一定就能终结尿床的历史。对于年龄与尿床的关联，让小兵十分纠结，成了一件剪不断理还乱的事情。对比周边那些伙伴，像镇原种场民兵连长的儿子林军，还有表弟小狗子，他们与自己既是同班又同龄，无论是过去还是现在，从来没听说过他们尿床的事。看来，年龄不能说明一切，也不能挫败一切。想到自己十分敬仰和尊重的父亲也不是权威，小兵心里隐隐作痛。那究竟有一种什么力量能让这种难以启齿令人羞愧的事永远成为过去呢？

二

太阳升起来了，小兵还直挺挺仰卧着。阳光穿过窗户，照射出房间里尘埃上下翻滚轻盈的姿态。小兵打算运用前些年积累的所有经验，把尿床的事掩饰过去。将要升为初中生了，还在尿床，这会成为左邻右舍或者同学中一则毁灭性新闻。母亲照样天刚亮就随着人群到河堤外农场的田地里干活去了。外婆早已出门沿街晃荡，继续唠唠叨叨或者骂骂咧咧，她似乎变得越来越疯疯癫癫。她压根就不会预料到小兵旧病复发，毕竟一年多没尿床是不争的事实。在这个暑假，她对即将升入初中的小兵早起或者贪睡不管不问习以为常。所以，小兵选择用自己的身体把尿捂干的办法是可行的。炎热的天气里，闷热的房间持续上升的气温助了他一臂之力。

小兵静静躺在床上，屁股紧贴下面那滩逐渐捂干的尿水。水汽蒸腾的感觉让他觉得即将大功告成，但他依然不敢挪动。他闭着眼睛假寐，凝神聚气关注四周动静，想象此刻屋外的景象，或者信马由缰地遐想，以此打发时光，等待尿液捂干。这原本是他每次尿床后的功课。小兵的家就在河堤坡上，那是原种场职工的居住地。河堤连着一片隆起的河滩，显得很宽阔，被一大片树林和错落的人家所占据。河堤下，浑浊的河水肆虐了一个夏天，开始有了一些退下去的迹象。太阳依然灼热，鸡鸣狗吠声在房前屋后稀稀落落响起。河滩树林里聒噪的蝉鸣似乎惊扰不了那些横卧在树荫下反刍的水牛，它们总是神态安详，对周边的一切无动于衷。小兵闭着的眼睛里不断闪现那些场景，小兵对它们了如指掌，那是一幅幅多年不变的图画。

河上游不远处就是镇子。镇上的喇叭正在播放歌曲，像一个巨人在引吭高歌，声音回荡在河谷，然后在两岸原野辽阔的上空竭力飞行，显示出一种勾魂摄魄的穿透力。镇子以码头为中心，向两边延伸开去。码头堤岸用巨石垒就，是镇子的高点，那里有一座高耸的铁架直至云霄，俨然是小镇的标志。架在顶端的四只高音喇叭不管阴晴雨雪天，总是播放革命歌曲和时事新闻，成为方圆数里的人们一扇了解镇外世界的窗口。

镇原种场职工住地虽然挨着镇子，但小兵和其他伙伴除了上街购物，却不敢多去。镇上盘踞着一帮大男孩，他们寻衅滋事，把原种场的小孩当小鸡小狗一样欺负。即使身体壮实的林军，也有过被他们打得鼻青脸肿的经历。但无论如何，小镇都像一块巨大的磁铁石，向人们展示了莫大的吸引力。供销社商店里只要一开门，就会散发出一股浓烈的蔗糖和糕点的味道，那是小兵他们垂涎的气味。广场上的聚会像河面上隆隆作响的机帆船的螺旋桨，搅碎了一片平静，带来了热闹，而热闹对于枯燥和沉闷的日子，自然是一种难以抗拒的诱惑。

太阳不断炙烤梁顶上的瓦片，屋里越来越热，小兵身上开始渗出汗点。他用手伸到屁股下摸索，测试短裤和床单的湿度。汗水和尿水模糊不清，变成了一个模样，这让小兵踏实了许多，情绪也恢复了常态。镇上的喇叭停止了喧闹，要等到中午时分才会开始播新闻。原野上空一下子寂静起来。小兵想，一上午会有惊无险度过去，下午，或者明天，又会变得平淡无奇。这是一个与内心的期望相去甚远的暑假，除了尿床的惊扰，什么有趣的大事都没有发生。

小兵被邀请到乡下同学家吃了一顿午饭，家长的热情和一大碗奇辣无比的辣椒炒鸡蛋让他受到了稀客般的款待。他和乡下伙伴的友谊也没有继续深入下去，乡村的小孩要及时喂猪，忙着打猪草，拾鸡粪，还要兼顾放牛，承受父母不停的催促呵斥，有太多的家务事等着他们。

小兵继续躺在床上，努力搜寻记忆里这个暑假值得回味的事情，似乎不甘心让这个暑假在黯淡无趣中滑过去。表弟小狗子不时来串串门，但更多时间自顾自带一帮更小的孩子厮混，抽陀螺，在河滩树林里捉迷藏，甚至玩大一些的孩子有点不屑的翻画片的游戏，一心在那群小孩中把自己塑造成一个孩子王。林军走了一趟远亲戚，回来有几天了，但很少露面。就在昨天晚饭后，小狗子来约林军和小兵也加入他的捉迷藏的队伍，小狗子兴致盎然的劲头和林军勉强的神态形成反差，让小兵觉得疑惑，林军出一趟远门怎么就像换了一个人似的。小狗子悄悄告诉小兵，林军这次走亲戚弄回来一顶军帽，得意得都不愿搭理人了。小狗子的身后跟随着一帮低年级的孩子，有一个瘦弱的男孩居然在夏天还挂着两条鼻涕。他们叽叽喳喳，一致推举林军作为搜寻者，在划定匿藏范围后，他们一哄而散。

小兵第一次把自己藏在一颗树叶茂密的树上。收集知了壳的经历提升了他爬树的技能，他也想以出乎意料的方式给林军出一道难题。黑幕舒卷开来，月光洒向原野，林军站立在约定的路灯下半天没有行动，在超出了几倍的约定时间后，他快步向小兵树下走来，站定，抬头直视小兵的藏匿处。他那锁定目标后异常笃定的神情使得小兵屏住呼吸。然而，林军没有呼叫或者做出发现的表示，搜索者和藏匿者都僵持在漫长的沉默中。河流上有一艘机帆船正缓缓经过此地，发出隆隆的轰鸣，声音逐渐减弱，最后在两个对峙者耳朵里同时消失。林军收回锁定的目光，转身向自己家的方向走去。月光和昏暗的灯光融合在一起，映印出林军不屑一顾大摇大摆的姿态。

三

小兵在天气帮助下平安度过了一场危机。跟一年多以前相比，他在处理这种事的时候显得镇静和老练多了。外婆继续疯疯癫癫屋里屋外乱窜，没有发觉小兵床上的异象。平静下来的小兵又陷入无所事事的境况中。吃罢晚饭后他溜出家，像一条野狗在河滩上游荡，对着浑浊河面上来历不明的漂浮物张望。夕阳渐渐沉没，黑暗把河岸的倒影吞噬殆尽，月亮还没有升起来。小兵爬上河滩向小镇走去。树林里发出小狗子带领的那帮虾兵蟹将制造的阵阵喧闹声。码头就在眼前，灯光闪烁。小兵穿过码头，下意识把目标定向供销社商店旁的小广场。一路上他走得很坦然，没有一丝过去单枪匹马闯小镇的忐忑。

一阵稀稀落落若隐若现的鼓声从供销社方向飘来，现在愈发清晰响亮。小兵像一只野兔狂奔起来。一支游行的队伍已经从广场出发。他们沿着小镇的街道和河堤的路灯缓缓移动。

小兵站在围观的人群里，听见有人说："嘿，原种场的庆祝游行搞到镇上来了！"

一个上身赤膊的胖子给干部模样的人递上烟，用火柴点上，说："原种场有几个鸟人？不来镇上，闹不出声势嘛！"他们的声音像是从鼻腔里哼出来的，说话的同时，几缕青烟从鼻孔里喷出。

站在旁边一个略显富态的老太婆用一把大蒲扇扇走了他们俩喷出的烟雾，说："喔呵，到镇上游一游倒是不错的，就是花样少了些。"她的语气里带着明显的不满足。

游行的队伍行进到小镇的尽头时，大部分看热闹的人逐渐收住脚步。游行的队伍要回到原种场的住地，还有一大截的路程。小兵看见小镇上那些大男孩加入队伍中。他们像往常一样神情庄重严肃，迎合鼓点迈出整齐步伐，俨然是原种场天然的一分子。小兵也大胆插进去，他占据了紧跟林军爸爸的位置。

林军的爸爸健步走在队伍的前列，那辆载着一面大鼓的板车紧随其后。在激越的鼓声中他显得器宇轩昂。一方面，他在尽情享受人们投射过来的目光。同时，他还得不时地关注板车上那两根竹竿上横扎着的喜报。红纸喜报用别针别在一幅红布上，上面是今年夏粮喜获丰收翻了一番的内容。但两根绑在板车两侧护板上的竹竿在一阵颠簸之后有些松动了，随时可能倒伏。小兵看到这情景，心里也跟着紧张起来。一段凹凸不平的路面让小兵接连打了几个趔趄，差点摔倒。他不得不几次扯住林军爸爸的衣角。林军爸爸回过头，把目光停留在小兵身上。他一把抱起小兵放在板车上。小兵从他搂抱的力度中，感受到了父亲般的呵护和男子汉的力量。林军爸爸指着有些松垮的竹竿说道："你把它们一直扶着，攥紧了！"

小兵感受到林军爸爸眼神里一种信任，像一团火，在他胸口燎烤了一下。他扶着竹竿时激动得手在发抖。他小心翼翼，生怕有闪失。他像一个初登舞台的演员，惶恐、激动，不敢有一丝懈怠。林军的爸爸再也不需要为竹竿倒下来而操心，同时也可以继续尽情享受人们投射来的目光。

游行的人群行走在长堤上，缓慢得像一支乡间送亲的队伍。月亮升起来了。鼓声把堤岸下树林里的倦鸟惊起一片，同时引得堤坡下屋舍里的狗一阵警觉地狂吠。小孩子们纷纷从家里跑上来，借助河堤昏暗的路灯想看个究竟。

板车的中心位置使得小兵有了宽阔的视野和一种俯视的姿态。天空中皎月高悬，远远望去，一条密密麻麻的巨大星河横亘在无涯的天宇之间，那里面隐藏着如梦如幻的童话和人类无法言说的秘密。大堤挽着河流，在广袤无垠的原野上显得巍峨伟岸。小兵望望星空，又望望人群。那些小镇上的大孩子们依然一丝不苟步伐整齐，他们训练有素而又乖顺地跟随在小兵坐的板车后面，小兵仿佛成了他们的引领者。一团火焰在小兵胸中燃烧，迸发出一种从未有过的汹涌激情。小兵想，明天，那些令人生厌的邻居街坊们再也不会把他当作一个尿床的小孩来议论了。

四

在经过一夜酣畅淋漓的沉睡后，小兵迎来了早上灿烂的阳光。屋子里的尘埃在窗户口射进来的一片金光中一如既往地妙曼翩飞。昨晚游行结束后，他的内心一直处于躁动中，不愿入睡，眼皮却不停打架。异常兴奋后的极度疲惫让他的酣睡沉静得像一块石头，失去了随时惊醒以防范尿床的能力。早上睁开眼睛后一种惴惴不安的情绪又向他袭来。他用手掌反复摸索屁股下面那块地方，干枯的床单让他惊喜不已，他莫名地狠狠拍了两下床单，紧接着发疯似一阵乱拍。一股股灰尘在他的手掌下升腾而起，在金色的光亮中宛如夏日天空中升起的蘑菇云。

小兵停止了拍打，开心地笑了起来，一副傻傻的模样。

在上午的蝉鸣声正浓的时候，小狗子推开小兵的房门，把更多的阳光带进屋里。他是来邀请小兵出去玩耍的。那个流着鼻涕的小男孩紧随其后，昨晚围观游行时那种向他讨好的笑容依然挂在那稚嫩的脸上。

"玩什么好呢?"小兵问。他把眼睛向上翻了一下，装着思考的样子，并且像昨晚围观的人那样又起了腰。

小狗子没心没肺地跟着想了想。但他不知道现在小兵对哪种游戏感兴趣。

其实，小兵昨晚躺在床上就有了答案。置身游行的过程给了他莫大的刺激，让他有了一种全新的体验和感觉，同时也让他觉得小狗子那些小游戏是多么乏味。他感觉脑子里有几十头牯牛在狂奔，他胸中的冒险欲鼓胀起来，产生了某种新的欲望和向往，在暑假剩下不多的时间里，他渴望一次主动冒险的经历。思前想后，他冒出了去闯一闯原种场防空洞探秘的念头。

小狗子被小兵的想法吓住了。小狗子带领的小伙伴捉迷藏时玩遍了原种场住地的所有地方，他们像了解自己手掌的纹路一样熟悉每一个角落，唯独那个隐藏在一座旧仓库下的防空洞无法涉足。那是一个根据上级要求由原种场民兵为备战挖就的洞穴，神圣而又神秘。洞门的盖板上有一把硕大的铁锁，钥匙就在民兵连长、林军爸爸卧室的抽屉里。据林军说，他也打过那把钥匙的主意，但他惧怕他爸爸的拳头。他爸爸的拳头可以让林军的屁股肿得像一堆发酵过的浮起的大面团。但林军爸爸的拳头不会落在小兵的屁股上。小兵决定送给林军那盒珍藏的彩珠，获得一次使用那把钥匙的短暂机会。

小狗子成了用彩珠换钥匙的使者。小狗子的央求和彩珠的诱惑让林军好不容易答应偷出那把钥匙。虽然钥匙的使用期限绝对限于夜晚，而且第二天一大早必须送回，但这对于小兵他们来说足够了。夜晚探险的队伍里自然有小狗子，他的使者之行证明了他是一个合格的参与者。那个流鼻涕的小孩也被容许参加。因为他答应偷出他爸爸那只装有四节一号电池的强光手电筒，同时献出他那把雕刻精致的木头手枪给小兵。

在夜晚到来之前，小兵对那个防空洞充满了想象。那个一直存在于林军口中的神秘防空洞今晚就要揭开面纱。林军担心他的屁股，只能傻待在自己屋里。那么以后，他充其量只是一个故事的倾听者了。

在等待夜晚降临的时间里，小兵脑子里不断闪现曾经看过的电影里那些内容。地道战地雷战电影以及所有样板戏里那些人物台词和动作都曾被他们竞相模仿。多少个夜晚，方圆几十里平原上电影巡回放映队成了他们追逐的目标。他们这些闻风而动的小伙伴穿村走镇，长途跋涉，把夜晚的时间消耗在追逐的路途上。他们对那些电影的内容烂熟于心，甚至可以脱口挑出拷贝拼接后丢失的镜头。那些电影让他们跳出现实冥想另外一种热血沸腾的生活。电影在一个又一个放映地重复上映，但他们却从不放弃追逐，乐此不疲，仿佛追逐的意义就在于追逐本身。

出发前，小兵对自己的装束也踌躇了一番。那些皱巴巴的钞票还躺在床下的木盒子里，还来不及换成烘托形象的军帽和黄书包。或许，用树枝编成的伪装帽也能体现一个战士的英姿。流鼻涕小孩的那把手枪倒是一件可心的配饰。尽管那只是木头做的，但它的精致和仿真程度却能增添今晚冒险的神圣感。

小兵他们选择了夜静人稀的时候行动。他们悄悄穿过树林，蹑手蹑脚溜进那座旧仓库里。他们不敢随便摁亮手电筒。月光朦胧，暗影幢幢，仓库四周一片静谧。一队老鼠被惊动，窜上屋顶，隆隆作响，吓得流鼻涕小孩紧紧扯住小兵胳膊。小兵左手拿着电筒右手握着手枪，也被吓得顿住了。一阵恐惧向他们袭来。过了片刻，恐惧又被一种内心涌动的无法无天的力量所压制住。小兵用手掌捂住电筒摁亮，让小狗子借助微光打开铁锁，三人揭开盖板，弯腰钻进地洞。地洞缓缓向前延伸，渐渐地人也可以直起身来。在洞穴里可以尽情扫射雪亮的手电光，这让他们的呼吸平缓下来，行动也变得从容。

他们又往前走了一截，地洞变得开阔起来，在一座像地下房间似的位置停止住了。洞壁和地面有些潮湿。在洞穴一角地面上，铺着一块常见的床单大小的厚塑料布，躺压的痕迹明显。地面上足迹杂乱，有的看起来还很新鲜，这让他们开始警觉，感觉此刻他们正暴露在亮晃晃的光亮下，被躲在某个暗处的窥视者紧紧盯着。特别是他们发现洞穴另一角还有一扇木门以后，他们的心骤然猛跳起来。木门是关闭的，推不开。不知是封死了还是从另一面拴上了。他们再也不敢弄出半点声响，而是静心搜索洞穴的另一面可能出现的任何一种信号。他们不约而同听见了从木门另一面发出的窸窸窣窣不对劲的声音。小兵迅疾熄灭了手电，三人屏住呼吸，一动不动，像雕塑一般。洞穴里像一口被人遗忘的古井一样安静。这种安静一直持续着，像噩梦中的压山石，挤压得人喘不过气来。突然，木门后面传来一声低沉而短促的类似于咳嗽的声音，就那么一下，像是被憋得忍不住后的突然爆发，然后又迅速憋了回去。小兵明显感觉拽着自己的小男孩浑身发抖，他情急之下举起枪对着木门高声喊道："不许动！"随即手指连扳扣机，嘴里发出砰砰砰的射击声。这种近乎出自本能地在黑暗中显示勇气的行为显得滑稽，因为那把木头手枪没起到任何作用。那种电影里枪声乍起敌人应声倒地的画面在小兵脑子里一闪而过，倏地又像灯盏被风吹灭，剩下一片黑暗。过了一会，那种窸窸窣窣不对劲的声音响了一下后又停顿了。四周沉寂得有些诡异。小男孩把小兵的胳膊使劲往回扯，小狗子的身子也正抖动着往他这边靠拢。小兵在黑暗中像电影画面上的指挥官一样挥了挥手枪，在颤抖的嘴皮里低声迸出一个字："撤！"

三个人跌跌撞撞跑出洞穴，不顾一切冲出了仓库。在仓库旁边那片幽暗的树林里奔跑时，几乎每人的胳膊和腿上都被枝条刮伤，但他们却无暇顾及。他们除了还记得用锁将洞口盖板锁上，其他的脑子里几乎一片空白。直到他们跑到河边一片月光笼罩的熟悉的开阔地带，他们才坐在一块平整的石头上大口喘气。

小男孩的鼻涕流得更凶猛了。他用右手背在嘴唇上抹了一把，结结巴巴说，那扇门的后面肯定有鬼魂在游荡。但他的话马上被小狗子制止住。在大家惊魂未定的时候作出这种骇人的推测只会加重彼此的惊恐。小男孩不敢再吱声，大家也都不再说话。三个人沉闷了很长时间。河流的上游，有零星的灯光闪烁着移动过来。码头那边早已结束了一天的喧闹，已经是夜深人静了。小兵把手电筒交还给小男孩，说："今晚的事，屁股揍开花也不准说出去！"他迟疑了一下，把那把手枪也还给小男孩，强调说："连林军也不准说！"小男孩似乎对小兵没有将手枪据为己有心存感激，接过手枪赶紧说："嗯嗯，谁说了掉进河里喂王八！"

五

小兵轻快地朝自己家的方向走回去，那个神秘的洞穴被远远抛在身后。今晚他们三人都免不了要挨家长的数落，但与他们所经历的一切相比，那简直不值一提。那个洞穴留给他们太多的狐疑，足够他们在今后漫长的日子里费神地猜想。或许，那个流鼻涕的小男孩还会噩梦连连，说不定很长时间都不敢夜晚出来在树林里捉迷藏了。恐惧将会驻留在他脑海里，像秋雨连绵中的阴云，长久不散。小兵想起那小孩浑身发抖和鼻涕汹涌而出的模样，心里就忍不住发笑。他成了给那个小孩带来噩梦的主导者，他为此有点开心。此刻，那扇木门背后的疑团也不由自主在小兵脑子里涌现出来。小兵不由得扪心自问，如果不是小男孩他们临阵胆怯，自己到底有没有胆量和勇气撬开木门去探一探究竟。不过，他毕竟在临危之际举起了手枪。有一点可以肯定，如果那是一把真正的手枪，今晚的探秘就不会是落荒而逃的结局了。一直渴望出现的种种刺激却因为那把形同虚设的假手枪而扫了兴致。

应该是后半夜了，小兵看见自己家所有房间都还透出光亮，心里有些奇怪。在堂屋中间，外婆瘫坐在一把竹椅上，由姨妈陪伴着。她的脸在抽搐，嘴里发出那种常有的咕噜声，带着白翳的眼睛不停地左右翻动，在昏暗的灯光下十分吓人。姨妈的一只手按在她肩上，好像是防止她突然蹿起来。这种景象让小兵心里一紧。在母亲的房间里，一个颧骨突出的陌生年轻人正蹲在地上翻检一堆书刊。年轻人戴着一顶没有徽章的军帽，他的白色衬衣的后背中间有块黑色的汗渍。林军的爸爸站在年轻人旁边，右手拎着一个军用黄挎包，神情拘谨。那个黄挎包显然是年轻人的。

屋里的气氛很压抑。母亲站在一旁，一脸惶恐的神色，一言不发，目光呆滞。她看见小兵进来，赶紧一把搂在怀里。

戴军帽的年轻人很仔细地翻捡着散落一地的书刊和笔记本。那是父亲留在家里的。它们原本被码得整整齐齐，用一个大网兜装着，吊在屋梁下面，免受了老鼠的撕咬。现在，它们像一头年猪，被解开绳索，经过屠宰者的刀刃游走后，横七竖八躺在案板上。小兵预感到某种不祥的事情正在降临这个家庭。他攥紧拳头，把两束目光狠狠射向年轻人的后背。他看到年轻人后背上汗渍正沿着原来的中心点一圈一圈向四周扩散，酷似射击场的靶子。他觉得不需要费劲瞄准，就能一枪射中靶心。年轻人先是辨认书刊的名称，然后逐本翻阅中间的内容，哪怕一张夹着的纸片都不肯放过。

年轻人口气严厉，居高临下。他的口音和父亲单位那些人的口音一模一样，好像说话时舌头下面夹着什么东西。小兵三年级暑假从父亲那里回来后，曾经兴致勃勃含了一个桃子核给母亲模仿那些人说话的腔调。此刻，这种口音和腔调充满敌意，令人生厌。

林军的爸爸弯下腰，张开挎包让年轻人把检出来的两本书刊装进去，点点头，连连说："是！是！"

年轻人在翻检到一本外文书时停顿下来。书里面夹着一个印着外文的空信封，背面用铅笔勾勒了一个外国老头，鹰钩鼻，光着上身，还有一棵大树，一座没有窗户的小房子，一条伸向远方的歪歪斜斜的小路。图案的组合并不连贯，笔法稚嫩，寓意含混，令人费解。年轻人举起那个信封对着灯光照了照，似乎要透视里面的秘密。小兵想起来，那是他一次偶尔翻到那本外文书，看到一些插图后临摹下来的。书中的插图好像画的是一个卖草帽的老头，醉酒后被一群调皮的猴子将草帽偷走，老头一直沿着山路追踪的故事。插图的内容引人发笑，信手涂鸦可能是一时兴起。小兵还记得，自己当时还顺手把那些蝌蚪似的文字描摹了几个。现在，这个信封成了年轻人的一个谜团。

"敌情，敌情，要带回去好好审查！还有什么好说的?!"

年轻人恶狠狠对着林军爸爸抖着那个信封。林军爸爸吓得后退两步，慌乱地继续点头。

小兵的拳头一直紧紧攥着，他从看见陌生人肆无忌惮在母亲房里翻检父亲的物品开始，心里就憋着一肚子气。那个年轻人正在做出一种与事实南辕北辙的推论。内心涌起的愤怒憋得小兵说不出话，使得他都没有及时说出真相为父亲辩解，同时他又因年轻人的武断而更加愤怒。林军爸爸在一旁唯唯诺诺，反而加深了小兵对那个年轻人的抗拒和厌恶。

这时，小兵小腹有了一些异样，一股尿意暗流涌动。那种小时候梦中曾经有过的某种冲动直往外冒。

年轻人还在继续翻检。他挑出一个带有红色塑料封皮的笔记本，一页一页翻看。突然间，他兴奋得快要跳起来："终于找到证据了！这个恶毒的家伙……"

母亲的身子抖动了一下，半天她都没有说话了，现在，她使劲憋着的嘴唇里迸出一句话："他不恶毒，他是个好人！"。

"你知道什么？你还敢犟嘴？"那个年轻人粗暴地指责母亲。

母亲的脸上堆满了痛苦和委屈，那对酒窝不对称地上下跳动。母亲痛苦扭曲的神色让小兵对年轻人产生了极度的愤恨。

"我当然知道！十多年夫妻，我当然知道嘛，他就是一个好人……"

年轻人简直要暴怒了，他把这种微弱的辩解视为对他一种不可饶恕的挑战。

"你给我闭嘴！简直一丘之貉！"年轻人转过身对林军爸爸道："今晚把她押起来！"

房间里的气氛骤然紧张起来，年轻人目光如炬，他的威严像一把火，把林军爸爸也燃烧起来。林军爸爸背着上级给民兵连长发的一支没有子弹的枪，这时他从肩上摘下枪，双手握着，枪口平直，正好对着小兵。他避开小兵母亲的眼神，转而把目光停留在小兵身上。小兵感觉到他那对双眸里有如昨晚投向自己时的神情，这种神情曾经带给小兵一个得意的夜晚。但年轻人的暴怒把这种神情引向另一种狂乱的方向，随时准备毁灭小兵昨晚所收获的一切。

小兵紧盯着枪口。枪口占满了小兵的一对瞳孔，乌黑幽暗，就像藏在旧仓库下那个令人神往、嘲弄过他们三个探秘者的洞穴一样，深不可测。小兵蓦然觉得心跳加快，一股血往头顶上涌。年轻人还在继续咆哮，唾沫飞溅，像燃油喷射在火堆上。小兵被年轻人烈火一样的咆哮烘烤得神情恍惚，浑身颤抖，恍若置身于梦中。那股紧迫的、受到强烈挤压的尿意简直就要喷薄而出。年轻人这时转过身去，将后背对着小兵及母亲。他白衬衣背上的靶心一样黑乎乎的汗渍块更加浓艳，异常显目。

刹那间，小兵向林军爸爸猛扑过去。

躺在地上好半天的小兵醒来睁开眼睛，看见了屋里几个女人惊慌失措的脸。她们的身体和惊恐慌乱的眼神挤成一团，遮挡住了小兵的视线。小兵的后脑勺湿漉漉的，脑袋磕在桌角后鲜血直冒，汹染了头发。小兵肚子中间部位像一块巨石在碾压，呼吸困难。估计林军爸爸的一脚是正对着肚脐眼狠踢过来的。腹部巨大的钝痛和脑后部尖锐的疼痛交汇在一起，让小兵产生了一种剧痛后混沌的麻木感。小兵眨了几下眼，又平静地将眼睛闭上。疼痛缠绕着他的身体。然而，在他的内心，却像经受了一场洗礼，硝烟散尽，心情反而平静下来。那种紧绷的尿意居然完全消失，无影无踪。

几个女人闹哄哄喊叫些什么，小兵一句也没听进耳。外婆挣脱姨妈的手，将脸凑近小兵的脑袋，脸上现出十分古怪的神情。此刻，她清晰地看到，经历了头破血流的小兵，现在却莫名其妙露出了一种如释重负的微笑。

来，我们挠背吧

晓雯最恐惧过夏天，但夏天总是说来就来。晓雯怕夏天不是怕热，是怕蚊子。对付热不是一件难事，家里、办公室都有空调降温，即使酷暑天出门，出租车交通车的冷气吹在身上照样让人起鸡皮疙瘩。但蚊子却不是那么好对付。现在的蚊子似乎进化神速，再也不像它们的先辈们大张旗鼓傻愣愣停歇在人们的眼皮底下供人当活靶子了。它们时隐时现，神出鬼没，搅得人心烦意乱。晓雯曾经对丈夫马浩说，电蚊拍是当下家什里面最伟大的发明，可以将凌空乱窜的蚊虫拿下，快意恩仇在噼噼啪啪声中得到尽情释放。可现在那些狡诈的蚊子也善于和电蚊拍周旋了。晓雯每晚都要用电蚊拍在卧室旮旮旯旯扫荡一番才肯躺下。在丈夫马浩眼里，她把这件事做得坚定，固执，似乎和一日三餐一样，成为生活的一种必需。从入春到入冬，她一直与蚊子较劲，一副血海深仇，不共戴天的架势，日复一日，从不懈怠。

刚结婚那阵子马浩还不明白她为什么那么憎恨蚊子，过了一段时间才知道她其实是非常怕痒。她痒的地方很特别，是在后背中心那块指甲片大的一点地方。她自己将手掌绕到后背，从上往下抓，从下往上挠，总觉得挠不到点子上。晓雯觉察到背上那个地方痒大概是从十七八岁青春正盛的时候开始的，刚开始一段时间是隐隐约约，后来愈演愈烈，打那以后，她的后背痒和失眠症相生相伴地走进了她的人生旅程。起初，她归咎于蚊子的偷袭，后来依然归咎于蚊子的叮咬，所以她特别恨蚊子。马浩不这么认为，因为在北风呼啸或者白雪皑皑的冬天，她蜷缩在被子里也喊那个地方痒。马浩曾经向她母亲探寻过原因，那是一个离异多年懦弱而善良的女人，她也觉得莫名其妙，但说不出来由。在马浩一再追问和启发下，母亲沉默了一段时间才张口，说，莫非是小时候那重男轻女挨千刀的老鬼常赶她到草垛里睡，遭蚊虫爬了?! ——母亲把自己离异多年的丈夫称作挨千刀的老鬼，内心一定恨他恨得咬牙切齿。

从他们夫妻同床共枕的第一晚开始，马浩就给晓雯后背挠痒。只要是马浩不出差的夜晚，他那几根粗壮的手指都要在她背上行走，手指的姿态由笨拙到灵巧，滑行的力道很轻，有时候近乎抚摸。好多夜晚，马浩加班到深夜疲惫不堪回来躺下，晓雯依然让他挠几下。那种时候，他自己都觉得在她背上画上几个圈圈着实有点虚与委蛇的意味，但那足够了，就那几个圈圈，就能将晓雯带入沉稳的睡梦中。

他们是同乡，又是大学校友，一个学机电，一个学档案，毕业后就留在这个繁华的江南城市打拼，总算是立下足，后来还贷了一部分款在远郊买了一所小面积的房子，第三十层。楼前有一片树林、一小块湿地，然后是广袤的水田，有点像他们出生的乡镇农村。家乡的景象帮助他们不断驱赶着对这座城市的陌生感。晓雯当初特意选了三十层，以为那样会远离蚊虫的侵袭，没想到，夏天房子里依然还有蚊子的身影。晓雯说，"这个世界变化真快，连蚊子也会坐电梯了！"

不知什么原因，结婚五年，他们一直没有孩子。望着周围像他们这把年纪的男女连婚都不愿意结，他们也就心安理得。晓雯甚至有点庆幸，没有孩子也好，那样她就可以心无旁骛专心致志地享受丈夫每晚挠背那种惬意的感受了。

以前他们在市里城中村租房居住的时候，蚊虫肆虐。有一次，马浩出差专门买了一只古夷书木的"老头乐"，当作礼物送给她，上面镶嵌着羊角雕琢成的手掌，弯曲有致，灵巧漂亮。马浩笑嘻嘻双手捧给她，说："谭木匠店里那个和蔼的老太太推荐的，'不求人'！"

晓雯没有理会他那种盼望热情回应的神情，显得有点不冷不热。

但马浩还是兴致勃勃地用羊角雕琢的手掌在自己后背挠几下，又嘿嘿笑起来："挺灵巧的，真是'不求人'！"

晓雯一把夺过那柄木头丢在床上，说："那叫'老头乐'，不叫'不求人'。"

马浩说："都可以，既叫'老头乐'又叫'不求人'。"

晓雯说；"什么意思啊？"

她撇了一下嘴："我讨厌叫'不求人'，我喜欢叫它'老头乐'。白头到老的老！"

打那以后，那柄古夷书木的"不求人"或者"老头乐"不见了踪影，马浩依旧每晚用他粗壮的指头在晓雯背上画圈圈。

南方的六月空气潮湿，蚊虫似乎也特别多。夜晚晓雯和蚊子的战斗时间随之拉长了。一天半夜，刚入睡的晓雯被楼上"咚咚咚"的敲门声惊醒。过了不久，一阵怒吼声夹杂着争吵声透过三十一层的窗户向田野里播散。争吵声持续了将近一个小时，声音时高时低，那些声音足以让相邻的几层住户夜不能寐，但却听不到邻居们对这种情况作出反应——这种事没人愿意公开掺和。

他们在干什么呢？晓雯想。晓雯疑惑中的他们，既是争吵的双方，也有那些被骚扰的邻居们。反正睡不着，她闭目假寐，张开耳朵听。她估计肯定会有一些邻居也和她一样在凝神静气地听着。偷听欲和偷窥欲一样，是人的一种天性。

争吵持续了几个晚上，晓雯也偷听了几个夜晚。终于，她理清了楼上争吵的脉络：女人得了绝症，继续抢救或者治疗需要花一大笔钱，男人很不乐意再负债治疗下去，小舅子上门兴师问罪……

一连好几天，晓雯翻开微信中这栋楼的网格群，群里只有网格员例常的天气提醒、小区活动通知，间或有人对物业服务的抱怨，就是没有人对邻居吵架发声。她连续几夜都在观察马浩的反应，他似乎睡得很安详，眼睑放松地合拢，长时间呼吸均匀，发出细微的鼻息。他的脑袋深陷在松软的白色鸭绒枕头里，两只耳朵几乎全被枕头遮挡住了。晓雯猜不出他到底是充耳不闻还是真的酣然入睡。

争吵声的骚扰虽然影响了晓雯的睡眠，但她的精神并没受多大影响。她给档案室的几个女同事闲聊起这件事，大家七嘴八舌，莫衷一是。几个女人讨论了几天，也没有讨论出结果。最后居然对三十一层争吵的双方谁对谁错都达不成一致意见，这让晓雯很郁闷。

这是一件触及死亡，让人联想到世态炎凉，令人唏嘘感慨的事。上班下班，出门回家，她总惦记着楼上的动静——她的心有点被这件事缠住了。

她和楼上那个女邻居仅在电梯里见过两三回，在她的印象里，女邻居脸色苍白，身体瘦弱。一个近在咫尺的人不久就会以被遗弃的方式告别人世，晓雯觉得实在太令人寒心了。

她不禁想到前不久自己农村老家一个姨妈的死。姨妈的丈夫和儿子都在外地打工，姨妈有一阵子老觉得心口疼，最后忍不住还是给丈夫说了。丈夫和儿子隔三岔五催她去医院检查。

姨妈拖着一双泥腿第一次迈进新修的县医院大楼。在心电图的电极夹子布满全身后，她大气都不敢出，但她清楚地听到那个医生和他的学生点评她心脏的问题。他们旁若无人地比比画画。她的心怦怦乱跳，浑身止不住发抖。她没有遵照医嘱做进一步检查，而是把那份检查单撕碎了扔在自家辣椒地里。然后，她到几个近亲家接客，请他们端午节中午来聚一聚。端午那天，满屋都是粽叶的清香。客人们如期而至，她趁丈夫和儿子在堂屋里陪着亲戚酒酣耳热之际，在厨房的灶台边吞下了半瓶百草枯。

这些都是春节回老家时，姨父声泪俱下描述给她听的。姨父满脸皱纹，头发全部花白，在清冷的天气里，两行泪水混合着两条清鼻涕不住地往下流淌。姨父呜咽道："一个大活人，就这么说没了就没了！"

姨妈的遗像挂在堂屋后墙上方，一抹笑容停留在她的嘴角，还是活着时那幅笑对生活的模样。她的眼睛始终盯着晓雯，让晓雯打了一个冷战。

两个女人的形象总是交替在晓雯脑子里闪回，这让她忍不住希望和马浩一起好好聊聊这件事，尽管他这段时间确实忙，人也很累。在一个周末的后半夜，她摇醒了熟睡中的马浩，一股脑把两个女人的事说给他听，硬是把迷迷糊糊中的马浩摇得像被泼了一盆凉水般清醒。

这些年马浩已经习惯了晓雯这种有点出乎意料的行为。当初恋爱时，他就发现她敏感、脆弱，偶尔还会来那么一点神经质的举动。但她身上那种敏感衬托了她的一种细腻，一份纤弱，呈现出一种小鸟依人的姿态，反倒给马浩留下楚楚动人的印象，不由得让他顿生怜爱之心。爱情往往就这么奇妙，仅凭某一点，你就可能爱上一个人，然后就接纳他的全部。

马浩伸出一只胳膊，托着晓雯的后颈挽到胸前，在她的额头上印了一个湿吻。

"这个姨妈是母亲姊妹中最倔强的一个。"晓雯说。

"一大把年纪了，一个人在家种了地，还和男人一样去砖瓦厂卸大车。"她似乎沉浸在一种回忆之中。

"你知道吗？每回我父母大吵一场的时候，姨妈总是要来出头。她把母亲拉到背后挡起来，用手指点着我爸的鼻尖，这样，就是这样……"

晓雯的动作让马浩笑了起来。

"没想到，亲姊妹，性格差别这么大……"

马浩说："那一辈人，姊妹多啊，常言道，一母生九子，九子各一样。十个指头还有长短呢！"

楼上突然响了一下，像是椅子翻倒的声音。两个人静下来注意听，可半天没有任何动静。

他们又开始谈论楼上的事。在档案室，晓雯被那些女人的七嘴八舌搅糊涂了，现在连她也很难说清楚双方的对错。她也不想和马浩讨论这种仁者见仁智者见智，公说公有理婆说婆有理的事。她倒是很赞同马浩说的，两个女人，还有一把年纪好活，却弃世而去，令人惋惜痛心。

马浩的话，让晓雯陷入阴郁的沉思之中。她突然提高声调对马浩说："两回事，你知道吗，一个弃，是对自己的身体自暴自弃，一个是要被亲人遗弃的弃，本质区别！"

马浩说："是！"

他的口气听起来是那么斩钉截铁。

晓雯的神情更加阴郁了。她似乎在自言自语地说："难道真像常人说的，夫妻本是同林鸟，大难来时各自飞？……"

马浩忍不住打了一个呵欠，打了一半，又忍住了。晓雯看他一脸疲惫的样子，觉得不该在半夜把他拖进这场讨论中。其实，在她内心，就是想对着马浩发问：假如我有一天得了大病，你会怎样？这是一个很容易回答却总是让人担心答者言不由衷的问题。她想到了刚谈恋爱那阵子，宿舍的女生在无聊时经常讨论那个一直让人困惑，让人争论不休的问题："妈妈和媳妇同时落水，男人先救哪一个？"这个问题有多种答案，或者说没有一个确切的答案。但当事人总想去追问。现在她似乎意识到，像先有鸡还是先有蛋那样的问题可以无穷地追问，但眼前的一些问题最好不轻易碰，像鸡蛋，容易碰碎。她心里藏着一个很厚重的心结。总有一天，她会忍不住把自己心中的疑惑向马浩问出口的。

现在她感到自己也被折磨得有些累了。她又习惯性侧过身子，将后背那块地方让给了马浩。

马浩公司的一台大型机组要运抵外省现场安装调试，作为技术骨干，马浩要一直参与。又是一段分离的日子。晓雯问马浩什么时候可以结束，马浩调皮地眨眨眼说，一定回来过七夕。晓雯喜欢七夕节，那是他们的结婚纪念日，是他们恩爱夫妻生活的起点。他们也曾热衷于西方的情人节，后来他们发现，在这样一个南橘北枳的节日里，确实不乏年轻人的浪漫，但他们也窥探到了城市里这个节日的夜晚隐藏的贪欲、暧昧和背叛。所以，晓雯对西方的情人节采取了人取我弃的态度。她喜欢上了七夕节，并坚持在七夕那天拿了结婚证。

在马浩出差的日子里，晓雯按部就班，日子过得还算充实。饭后在小区散散步，晚上依然用电蚊拍清剿一番蚊虫，然后刷刷微信朋友圈，翻翻杂志，和马浩视频聊几句就睡觉。她还参加了一个小区瑜伽班，周末练两个半天。在那个班里，有单身的职场女性，也有孩子尚幼的年轻妈妈。她甚至还碰到几个奶奶级的女士，她们身材苗条，活力不减，脸上总带着笑。晓雯想，能在瑜伽班打发时间的女人，一定是生活安稳，心态乐观。她想，这何尝不是一种自足的人生？——她期盼的就是这样的生活：夫妻恩恩爱爱，生活安安逸逸，一辈子波澜不惊。

在马浩七夕节回来之前，她准备将屋子里重新布置一番。所谓重新布置，无非是将家具适当挪挪位置，贴点什么装饰品之类。马浩说过，没钱添置家具不打紧，隔段时间把家具挪挪窝，不相当于又重置了一套么？他们的居室不大，家具轻巧，挪起来也方便。她没用几个晚上，就将沙发、电视柜、餐桌调转了方向，她给沙发换上一套灰色带蓝条纹的新套子，同时清扫了沙发、柜子下面的积灰。在餐桌旁的墙上，还挂了一幅水果画。她很满意自己的劳动，她喜欢马浩的创意，喜欢眼前耳目一新的感觉。

但她没动盥洗室镜子旁墙面上的两条贴纸。两幅贴纸是马浩网购来的——"拼命挣钱，共筑爱巢""勤勤恳恳干工作，全力以赴爱老婆"。每当晓雯早晚刷牙，对着镜子整理容颜时，她的眼神都会情不自禁在两条贴纸上停留一下。马浩专门贴在晓雯早晚都可以见到的卫生间，就像附在她耳边说悄悄话，既有点私密，还特别温馨。

前年她学生时代的闺蜜张燕从另一座城市来看她，发现了盥洗室的贴纸，打趣道："哎哟，真是个暖男呢！把老婆当手心里的宝了！"

晓雯脸上泛起一片红晕，她马上反驳："你的那位也不赖啊！我和马浩还记得他在庐山上写的祈福牌呢——'只要心脏不停止跳动，我们就不会分离！'那份决心，啧啧，坚不可摧啊！"

然而，张燕的世界山崩地裂了。在晓雯和马浩视频结束后的一个夜晚，张燕打来电话，里面一阵长时间的抽泣。原来张燕的婚姻破裂了。

连续几个夜晚，晓雯都在静静倾听张燕的哭述。张燕哭，她也陪着抹眼泪。但晓雯并没有强烈地表现出同仇敌忾的立场，而是小心翼翼谨慎地回应着。想想也是，她能够说什么呢？感情不和这种事，谁也理不清里面的尺短寸长。她实在不知道该说些什么好。张燕的这通电话着实让她猝不及防。一直以来，他们看起来都是那么恩爱。当初的爱，怎么就这样烟消云散了？她不断纠结着该对张燕说些什么。她干脆让自己充当一个纯粹的极其称职的倾听者，在当下，这应该算是一个诚恳友善的姿态，是一种醇厚友情的注脚。

过了几天，张燕的情绪开始平静下来，她需要静一静了。晓雯觉得自己也想静一静。夜晚，她蹑手蹑脚走进卫生间，长久地注视着马浩的那两幅贴纸，莫名其妙地感觉有点心绪烦乱，有时候忍不住想动手将两幅贴纸撕下来，但她又找不出撕下来的理由，也不知道自己撕下来后怎么处置。在等待马浩回来的夜晚，她时常觉得背上奇痒难忍。最后，她还是将那两幅贴纸揭下来，贴在了卧室床头的对面墙上，她睡不着的时候，就望着那两幅贴纸发呆。

七夕节一周以后，马浩回来了，憔悴，疲惫，胡子拉碴，鬓角的头发几乎快要遮盖住双耳。马浩看了看餐桌上的台历纸还停留在七夕那一天没有翻动，说，这真是最闹心的一次安装调试了！

晓雯将晚餐准备得很丰盛，一条蒸鳜鱼、一份烤鸭、一盘卤牛肉、一碟油炸花生米、一碗青菜，还特意开了一瓶解百纳红酒。马浩在冷气飕飕的空调下面大快朵颐，如风卷残云一般。

待晓雯洗漱完毕走进卧室后，马浩进入卫生间。他打算洗一个畅快淋漓的澡。卫生间弥漫着晓雯的体味，夹杂着沐浴露的芳香。从他回家进门发现屋里变了样开始，他就被一种温馨的幸福感所围绕着，一股情绪被激发出来。现在，凭着一点酒劲，他精神亢奋，感到周身血液像一壶通了电的水，正在不断加温，最后会沸腾起来。但他有意克制自己的情绪，放慢了洗澡的节奏。他觉得卫生间似乎少了一点什么东西，原来那两幅贴纸没了。他没多想，继续慢条斯理地打理自己。他用电动剃须刀狠劲地薅着脸上杂草一样的胡须。剃须刀发出吃力的吼叫。他根本听不见卧室里晓雯打电话的声音。

马浩走进卧室的时候，晓雯正坐在床头望着窗户发呆，手里还握着手机。马浩靠近她，用手指伸进她蓬松的头发里，轻吻了她的额头。马浩感觉她的脸转过来的时候，有点心不在焉，他把手从她头发里抽了出来。

"你在想什么？"他问道。

她沉默着。他说："我猜得出你在想什么。"他看见了床头对面墙上的那两幅贴纸。

晓雯说："张燕离婚了，闹得不可开交，给我打了好多天电话。刚才打电话又哭了一阵子……"

马浩惊讶地啊了一声——这与他刚才的某种猜测相去甚远。

"为什么离？"他问道。

"性格不合呗！具体情况说得不是很清楚……"

"哦。"马浩轻描淡写回应了一下。此刻，他体内的一股情欲还在继续翻滚，削减了他继续讨论下去的欲望。

"好好的一对，不成恩爱便成仇了……"晓雯低声说道。

"是很可惜的。"马浩说，"但我们不能总看事物的表象，恩爱不恩爱，只有当事人才知晓。"

晓雯翻开手机递给马浩，说："这是张燕前几天给我发的，她再也不相信爱情了，现在只相信欲望……真可怕！"

"是啊……"马浩回应道。他回答的腔调有点敷衍。

"那当初的誓言呢？"晓雯没有放弃，继续追问。

"事情总会变化的呀！"马浩说："现在婚姻的篱笆破乱不堪，人们进进出出像逛菜市场一样……你看嘛，如今好多年轻人不就那么回事？对婚姻像对冰箱，上一代人，冰箱有点小毛病，总是拿去修修补补的，现在，你看见有几个修冰箱的？直接换掉！"

"那我们还能相信什么?!"晓雯的口气一下子严厉起来。

她突然觉得张燕他们在婚礼上的山盟海誓，在庐山上感人至深的祈福牌，都是那么花里胡哨，那么华而不实。就像面对一只心爱的瓷瓶被打碎后一样，她露出一些复杂的神情，无奈、沮丧、黯然伤神。她下意识看了看对面墙上的两排贴纸，喃喃道："难道真的只能相信欲望？……"

晓雯每一个细小的动作都没有逃脱马浩的眼神。他凭借一种本能触摸到了她的心思。他看到晓雯一直沉浸在那种情绪里，内心有点烦躁起来。他明显感到先前点燃的一种热情从头顶往下在减退，这不是他想要的结果。

"嗨——"他轻声地对她呼唤道。他的语调里掺入了本来不曾想有的温柔。

"还记得我们小时候看到的一句广告词吗？——人类失去联想，世界将会怎样？"

他深吸了一口气，说道："换个词吧，人类失去理想，世界将会怎样？我觉得，咱们还是要坚信一些东西的……"

"这些，我知道。"晓雯说。她慢腾腾把手机放到床头柜上，充上电，然后准备躺下。

"但我害怕……"

马浩看见她的眼圈有点发红了。

马浩拿起遥控器，将卧室空调 26 度的温度往下调低，想了想，又调高了一点，反复几次后，最终定格到 28 度，据说这是最适合睡觉的温度。

"客厅的空调还没关呢!"他嘟哝了一句，带上房门，走到客厅。

他感觉到有些困乏，似乎这多天的劳顿在这短暂的一刻都汇聚拢来。张燕离婚的事情估计这多天一直都让晓雯心绪不宁。在小别重逢之际，他被拖进一场讨论中。他们的讨论无法改变现状，甚至都不能让晓雯的心情好转起来，面对晓雯的沉溺，他无计可施。有那么一瞬间，他甚至想粗鲁地阻止这场讨论，但那样会给晓雯带来伤害。他觉得身上的那份热情现在几乎全被浇灭了，他需要再调整一下情绪。

他拨开客厅和阳台间白色的巨大落地纱幔，夜晚的星空和旷野映入眼帘。明月朗朗，星河灿烂。他想起中学暑期回乡在稻场乘凉时的情景。那是充满幻想和憧憬的时刻，仰望星空，未来让人着迷，偶尔还会滋生出对甜蜜爱情的向往。

不知为什么，他现在有点留恋起那段日子。那时是一个人的世界，独自在一条独木舟上，任性遨游，自己的世界自己把握。现在，他和晓雯坐在了一条船上，两个撑船者，两个掌舵人。他想到了张燕，想到了自己周边那些已经离婚和正在家里闹别扭的年轻同事。成人的世界是那么复杂，这是当初始料未及的。就说张燕吧，又跳回到了独木舟上，只是她的独木舟已是伤痕累累，正在生活的漩涡中打转转。

有一段时间，晓雯和她们档案室的女同事一起，迷恋上追剧，互相推荐，而且特别喜欢追关于爱情婚姻那一类。追完了，还要一起讨论一番。同事之间感情的距离在追剧中越拉越近，甚至过去的一些罅隙也在追剧中得到弥合。马浩在家时也陪着一起追。追来追去，大家似乎又追出对婚姻的恐惧感来。中老年人担心子女，年轻人担心自身。到底是爱情和婚姻本身可怕，伤人，还是年轻的一代对婚姻丧失了修修补补的能力，对爱情失去了日久生情的耐心呢？

嗨，怎么又绕回来了？马浩拍了拍自己的额头。他拉开玻璃梭拉门走到阳台上，一股热气扑面而来，但视野更开阔了。他又看到似曾相识的田园夜景。那块湿地在月色下闪着白光。更为广阔的景象是，稻田连着稻田，像仰卧着的高楼大厦的玻璃墙面。矮矮的田埂上，大约有五六只强光的手电筒在游移晃动，它们分布在不同的稻田间，远远望去，像缓缓飞行的萤火虫一般。马浩感到惊讶了，这简直是他小时候和父亲一起在稻田边捉鳝鱼泥鳅情景的再现。那些记忆深深印在他的脑海里。那种带锯齿状的夹子真好使，对躺在田埂边水田里的鳝鱼手到擒来。但泥鳅没法用夹子夹。最开始的时候，他试着用手去抓，但即使抓住了，泥鳅也在拼命挣扎后逃脱。

父亲看见他的动作，笑了起来。他让马浩照电筒，自己演示给马浩看。

"捉泥鳅的动作要轻柔一些，不能使蛮劲。你捏得越紧，它挣脱得越凶，最后适得其反。"他寻找到一条安然入睡的泥鳅，蹲下身子，手掌插到泥鳅身下，迅速托起来，两个手掌轻轻合住。父亲把泥鳅放在鱼篓子以后，比画了一下，"松紧适度最好。"他强调说。马浩在学会捉泥鳅以后，觉得担任乡村小学教师的父亲，不仅满脑子唐诗宋词，而且还充满生活的智慧。

那些手电筒还在田野里穿梭。马浩感到一阵轻松。他心头的一束火焰似乎又窜了上来。他意识到在外面不宜待得太久。他急于回到晓雯的身边，如果她还有兴致的话，他愿意给她讲小时候的趣事，包括捉泥鳅的细节。

他推开房门，趴到床边，扳过晓雯的肩膀，说，"来，我们挠背吧！"

咫尺餐厅

一

"这张桌子可以吗?"

一个身着蓝色工作服,背上印有黄色"咫尺餐厅"字样的女孩把他引到一个四周相对宽敞的双人桌前,对他发出善意的微笑。女孩二十岁上下,身材苗条,皮肤白嫩,戴一副白色窄边眼镜,像是一个利用假期打工的大学生。

现在刚到中午十一点,餐厅里只有五六对学生模样的年轻男女,显得很空落,有挑选一个舒适座位的余地。他抿着嘴不吭声,站在过道上挑剔地搜寻。他不苟言笑、目光迟缓的样子,给人一种心事重重的印象。女孩很快泡了一杯店里自制的小麦茶递给他就走开了。

餐厅坐落在狭长的江边公园的一角,倚岸临江,像是镶嵌在江堤巨大的石壁里。公园的中央,是一座有两百多年历史,如今修葺一新的望江亭。站在亭上远眺,蜿蜒而去的江面尽收眼底。面对古亭，餐厅显得低调而卑微。

尽管是五一假期，但公园里并没有多少游客。这里远离居民区，翻过山石嶙峋的堤岸走一段路才会看到处于市郊的一所美术学院校园新区。他猜想，现在来此游览观景的人都不多，平常只怕是游客寥寥了。事实上，每逢周末或者节日，这里都是男女学生云集的地方。江滩上、乱石丛中，树林深处，亭子的一隅，甚至在这个方圆几里唯一的餐厅里，那些青春萌动的年轻人，炽烈而放肆，用那些他们父母绝对看不惯的做派，把他们的爱情进行得如火如荼。

他的眼睛像一个摇动的摄像头，环绕餐厅逡巡了一番。他不得不承认，这是他生活在这座城里遇到的最别致的一个餐厅。由于空间像是往山体内掘进延伸，因而显得特别逼仄，但却利用得淋漓尽致。整个建筑依山就势，拾级而上。室内也有亭台。餐厅上下两层，下面一层的大厅稍微宽敞一些，摆了八张条形餐桌，贴着墙体的台阶拐弯处凹进去的地方也摆上了餐桌，是那种单人的小桌。整个装饰看起来属于中式风格，古朴简洁，连门檐上"咫尺餐厅"的招牌，室内的中式灯具，餐桌上的仿红木纸巾盒以及陶瓷牙签罐都有点古香古色的味道，与外面年代久远的古亭很搭调。

"咫尺餐厅？"他会心地笑了。这个餐厅名称倒是别具一格，和那些街边流行的力求吉利或者带有地名人名的餐馆名称不同，没有半点讨好顾客、祈求发财之类的俗气，而是很恰当地表述了自己的餐厅空间狭小、微不足道的含义。店家的谦卑让他顿时萌生好感。

餐厅四周仿古木柱上挂了几幅书法条幅，没有什么特别之处，他是这座城市里一个图书馆的副馆长，各种书法见识多了。但中堂的一幅山水画吸引了他——云雾缭绕中，两座如刀劈斧凿依偎并立的山峰上，隐约有两个人，他们相视伫立，似乎触手可及，却又咫尺万里……他被这幅画打动了。画的意境朦胧，却又让人心有所动，让人浮起联想……他在画前沉吟起来。

那个小女孩向他走来，似乎想询问什么。他不想多说话，走上台阶的拐弯处，找了那个夹在两面承重墙中间的单人桌子坐下，十号座。座位几乎没法舒展地张开臂膀。他看到餐厅的另一头对称的台阶半腰上也有一张几乎一模一样的单人座位，桌上的九号座位牌清晰可见，现在还虚位以待。这种让人难受的座位除了他，除了实在找不到空位的食客，恐怕很难有人入座了。他扭了扭身子，突然浮现出从电视画面里看到的接受审问的犯罪嫌疑人被铐着的姿势，他笑了一下。但这种居高临下的姿态又很像一个主审法官，让他滋生出满意的感觉。在这个餐厅里，他独享一桌，不受打扰，鹤立鸡群，俯视一切。

有人开始点餐，用手机对着贴在餐桌边角的二维码扫码操作。他不习惯这样，他喜欢对着菜单一项一项选，在爱吃的菜品后面画圈圈。他决定奢侈地迎接这个五一假期，点了三份肉炒菜，一碟油炸花生米，还加了一份鲈鱼小火锅。他捏紧笔尖犹犹豫豫在酒水栏目后面点来点去，最后在一份泸州老窖白酒栏的后面使劲画了一个圆圈。

可以想象得出，要是他妻子知道他正在这里准备悠然自得地小酌，一定会用她给中学生上课时略带嘶哑的大嗓门咆哮一番，然后气鼓鼓地喘息道："真把我气个半死！"

这次五一出门找女儿前，她已经多次嚷嚷自己气个半死了。女儿自费留学英国毕业后，她动用一个有实权的学生的关系，将女儿安排在一个南方城市的国企企管部，既专业对口，又体面稳定。她说，这是她这辈子最大的成就之一。她给女儿的人生搭了一个长长的梯子，从小学、中学、大学，出国留学，一直延伸到就业，乃至将来结婚生育。她的控制欲和蛮力让女儿在她搭建的梯子上艰难爬行，既不敢东张西望，也不敢越雷池半步。一切都在她掌控中。尽管女儿喜欢文学，酷爱音乐，从小就多才多艺。她成功压制了女儿可能超越她设计的一切非分之想。如今瓜熟蒂落，收获的季节已然来临。她就像一个果农利用光合作用原理成功让苹果上长出了囍字，或者收获了用木盒塑形的立体西瓜那样洋洋自得。

在他和女儿隐秘的交流中，他清楚，女儿在梯子上一直爬行得很艰难。女儿在第一次飞往英国的飞机起飞前，从机舱里发信息给他说，这些年，自己像一只灌满了氢气的气球，时刻都是一副跃跃欲飞的姿态，但被母亲死死拽着一直贴在地面上。现在终于离开了，这别离自己蓄谋已久，一直在默默忍受中等待，现在感到无比轻松。女儿的信息让泪水沁满了他的双眼。他看到妻子在候机室栏杆前挥手，也在流泪。在他们俩的泪眼里，宽广的蓝天，飞机呼啸的身影，都显得一片模糊。

在对女儿的培养和未来的选择上，夫妻俩一直在交锋之中，背后是各自的价值观和认知在较劲。最后，他败下阵来，束手束脚地过着日子。在外人看来，这对父母是幸福的。家庭也令人艳羡。没有忤逆、背叛、诲淫诲盗那类令人不齿的事，也无缺吃少穿的担忧。当然，柴米油盐人情往来子女教育中任何家庭里都会冒出的磕磕碰碰很正常，不足挂齿，否则岂不是鸡蛋里面挑骨头？只是他觉得，在一个屋檐下，某些沟通被梗阻，某种隔膜一直在滋长，在蔓延，是什么？一句两句又说不清。有时他半夜醒来，睁大眼睛，四周一片黑暗，什么都看不见。她那轻微的鼾声，像是从一片遥远而又幽暗的森林里飘出来似的。他喜欢在图书馆里呆，面对那些书籍，他的心容易飞腾起来，那里面有很多他熟悉或者即将熟悉的敞开心扉的朋友。

女儿半懂不懂地理解着他。女儿说，我成人了，可不能像你一样把自己变成沤在淤泥里的一节藕。

妻子是在他吞吞吐吐的表述中得知女儿准备辞职跟着那个年轻人去音乐的天地里闯荡的。男孩一头卷发，模样像歌星费翔，出生于香港一个音乐世家。他们在英国相识，恋爱。女儿在英国时就告知了他，她把父亲看着是一个开明绅士，是尊重女儿个人选择的坚定的支持者。但现在瞒不住，不能瞒了。

妻子本来约好一帮女同事五一去三亚，她们要到天涯海角拍几组漂亮的照片放抖音上，她的计划被无情地粉碎了，因为她——"气个半死了！"

二

已经是正午时分，餐厅的座位不经意中就被占满了。清一色学生，基本是成双成对。这个餐厅似乎成了恋爱二角地。那些手指相扣或者挽着胳膊进来的，已然沐浴在爱河之中；那些相互彬彬有礼，神态青涩的，无疑是还在河边蹚水的那一类。与市区那些食客成分复杂的餐厅相比，这里显得格外安静，他有点惊讶。这些小恋人，或许是想在心仪的人面前展示一种谦谦君子风度，或许是将图书馆养成的习惯带进了餐厅，他们即使说话，也是低声细语。他饶有兴致观察那些小情侣们的表现。他看到他们无声地交流，双眸一碰，便以莞尔一笑作为回应。即使点菜，也是男孩扭头面向女孩，另一个则微笑着颔首相肯，一切都在不需要喧哗甚至不需要言语中默契地走完点餐的流程。这些场景，令他想起和妻子初恋时的一些细节，想起女儿和她男朋友在莱茵河畔甜蜜的时光，想起自己现在的生活。那个大学生模样的女服务员和她的几个同伴快步走来走去忙碌着。餐厅始终是安静的。他向下俯视，眼之所及，几乎每个人都捧着手机。

他仿佛置身于图书馆。手机让学生们低着头，让人感觉到一片寂静。他想，平静是表面的，在他们的手机里，可能演绎着一个喧嚣的，热闹非凡的世界。他注意到离他座位下方最近的六号桌的一对年轻男女最为专注，他估摸他们俩跟那些面相稚嫩的学生相比，年纪稍大一点，似乎成熟沉稳一些。他们入座后并没有急于点餐，而是都用一对拇指在屏幕上飞快触及着，字词跳跃出的速度几乎快要和说话同步。

那个小女服务员很关照他，每次端了菜来，都说一直在催厨房给他做菜，她主动给他开瓶酌酒，动作温巧利索。直到他一杯酒入口，她觉得服务妥帖了，就轻柔说声请慢用，然后径直走到对面九号座位。

他这才注意到，原来对面早已有人入座了。那是一个和自己年龄相仿的中年妇女。她身着一件浅灰色薄夹衣，一头齐脖短发，有一张总像在沉思，始终保持微笑启动前平静的清瘦的脸。她的衣着打扮很朴素，但干净利落。她正坐着等菜，一动不动。以他的经验来看，这绝不像一个旅游者，也不像外地人。他猜不出她的身份。她挺直身子，端庄，稳沉，神态安详，对餐厅的一切视而不见，眼神沉静得似乎有点虚幻。就像以往图书馆刚采购新书，翻阅前先对着封面猜测里面的内容一样，他的好奇心上来了——一个呼朋唤友，或者家人团聚的五一假期，她为何却孑身一人来到这个餐厅？他的眼神在她身上扫来扫去，一个令他揣测遐想的空间正在向他打开。他不停地揣摩，她为何也选了一个局促但却又自由自在的座位？一瞬间，他觉得她身上有一种超凡脱俗的气质，性格里一定含有尊重自我感觉的自信的一面。他捏着仿古陶瓷小酒杯，仰了一下头，一饮而尽。酒是高度的，有些辣口，他差点呛了一下。他突然感到自己这样猜测下去有些不靠谱，里面有理想化的色彩。比如自己，谁能想到他为何孤身一人莫名其妙沿江而行来到这个餐厅，选择一个局促的座位呢？

他小心翼翼控制住自己的眼神，以免让人觉得盯住一个人看很失态。他一收神，就会不由自主想象妻子和女儿正在绞杀的场景，糟糕的情绪主宰了他一上午，他在江边踱步时，就一直心神不宁。现在，他努力让自己表现出闲恬的样子，但内心却是情绪压抑和刺藜般的焦虑混合在一起的临战状态。女儿那边硝烟散尽后，妻子回来，这边必然会狼烟四起。此时此刻，他不愿让自己的思绪触及这些事，宁愿让酒精把自己麻木起来，酒精或许能暂时消解一切。这个餐厅的菜很合他的口味。他越喝越快，自己也意识到酒精入喉的速度远远超过了平常。在喝酒的间歇，他时不时抬起头，向对面九号台张望。似乎有一种力量牵引着他，让他忍不住不停地关注对面的女人。

"叭——"一个爆竹爆炸似的清脆的声音在餐厅响起，把大家吓了一跳。那是六号桌的女子，她将一部粉红色手机狠劲拍在餐桌上。站起身对着同桌的男子怒目而视：

"我真受不了你！"

"怎么啦？我不是在给你解释吗？"对面的男子停住拇指按键的动作，抬头望着她。

"你怎么解释你妈的那封信？"她的手指向男子的头。

男子嗫嚅道："我不是给你说得很清楚吗？"他举起手机，露出屏幕上刚输入的文字。可女子不依不饶，翻开手机，也露出自己刚输入的文字，一副凶狠又厌恶的神情。

咫尺之间的争吵居然都是用手机来进行的，他差点笑出声来。男子声音也变大了，立起身恨恨地吼起来："简直不可理喻！"

几乎所有餐桌上的人都站起来，一幅惊愕的模样，椅子哗啦哗啦作响。他看见有的学生本能地举起手机在拍照。甚至有远桌的男孩发出类似于喝彩的低沉的叫喊声，但马上被女同伴扯住了。他扭头下意识看了九号桌的女人一眼。只见她捏着筷子，停在桌面上，不动声色，一双眼睛虚空地转动着。偶尔侧下头，用一只耳朵对着六号桌方向，仿佛在捕捉两个对抗者心中某种隐秘的声息。

"你懂不懂我的意思？嗯？"女子瞪大眼睛对着男子质问道。

男子也不甘示弱，回敬了一句："是闹不懂你，难道你又懂我的意思？"

"我看我们这五年是相背而行！"女子恨恨地收起手机，挥了一下手臂，就像拂去半空中一团讨厌的烟雾，悻悻而去。那个男子也在众人的瞩目下铁青着脸走了。几个服务员小女孩站在餐厅的角落面面相觑。

事情来得很突然，也很简短，可能是碍于公共场所，也可能是觉察到有人在拍照，这对情侣，也可能是一对结婚不久的夫妻，匆匆结束了一场让外人摸不着头脑的争吵。这种撕破脸皮积蓄已久，现在只不过是中断而绝不是终止。餐厅里交头接耳，议论纷纷，再也不复安静。

九号桌的女人正在用勺子舀盘子里的菜，动作迟缓得像一个盲者。她的表情依旧没有变化，平静如水，仿佛刚才什么事都没发生过。那个服务员小女孩凑到她耳边悄悄说着，她用一侧的耳朵迎上去，安静听，偶尔嘴角露出一点点笑意，仿佛一个母亲用心地倾听女儿的轻言细语一样。

吵架的那对男女早没了身影，六号桌空空如也，显得有些突兀。周围的议论声还在持续，只是声音比先前小了些。两个相处五年的恋人或者夫妻，正是相向而行的季节，但却一直是相背而行，这结论有点荒谬，却是残酷的现实。

他继续在那里自顾自灌酒。本以为酒杯很小，喝起来不起眼，实际上酒瓶的酒已经入肚了一小半。他已经处于微醺的状态了。他开始放慢节奏，继续喝了三小杯以后，他盯着六号桌发呆。

他失去了先前的一种兴致，否则他又会去猜测那对怒目相向的男女到底发生什么故事。他们之间可能有重大的误解，可能缺乏很好的沟通，或者三观的基础本身就不牢固……这导致了罅隙的产生，构成了不断坍塌的巨大裂缝，内心的隔阂让他们渐行渐远……他们身上散发出青春的气息，头发乌黑，脸上光滑圆润，没有皱纹，两人的世界刚刚开启。他们朝夕相伴，近在咫尺，耳鬓厮磨，成了一根藤上的瓜。可是他们刚才的一幕，却演绎了一些被生活的尘埃积成横沟竖壑的中老年人的悲怆。

此刻，他望着六号桌泛着油腻光泽的暗红色桌面，内心五味杂陈。

三

餐厅终于恢复了争吵事件前的那种安静，只剩下碗筷碟盘碰触的声音。偶尔有谁的手机传出"叮零零叮零零"清脆的来电提醒，但很快就被正在把玩的人接通了。正是食客们专心致志就餐的时间，那个小女服务员暂时不忙，又伏在九号桌的女人身旁悄悄说话。她们俩显得更亲热了。小女孩把头倚靠在女人的肩上。那神态俨然一对亲密无间的母女。这个场景无疑又触动了他一下。小女孩看到下面餐桌上有人举手，赶紧走下台阶。女人显然已经吃完了，放下筷子，摸摸索索将筷子勺子和碗碟摆在一起，用两个手掌将它们拢齐，然后缓缓抬起头，直视着他。

这是一张充满慈爱的脸——他用一种赞叹的心情回应她的直视。从他开始关注她后发生的一切，让他对她的了解和好感加深了许多。现在，他对她那种良好的印象又前进了一步。他觉得她身上散发出一种镇定自若而又温婉的成熟女人的气息。对了，她还应该是一个心胸宽广，善于包容人和理解人的忠实的倾听者。

他停下了酒杯。他觉得如果在一个异性注视下继续频频举杯会给人一种缺乏节制的印象，况且，酒已消耗大半，他已经是醉意朦胧了。他还不十分确定她是不是真正在直视自己。他感觉她的眼神似乎有点虚空，不够落实。但从自己这个视角看过去，眼对眼的碰触停留，又让他确定她确实是专注地盯着自己。被人这么专注地凝视着，他并没有感到局促不安，相反，他觉得，这是凝视者对自己的一种信任，一种容许回应的信任，一种鼓励交流的信号。

他心中顿时涌起一阵无法遏制的向她倾诉的渴望。恍恍惚惚中，他感觉他和她相处那么近，就像一张桌子的两个对坐者，彼此能感受到对方的呼吸。他渴望着一场对话，一种即使素不相识，但却一见如故，无目的、无套路，互不设防，心灵相通的谈话。

"这个餐厅很别致，还有点品位。"他在一瞬间的迟疑后对她说，声音不大。"餐厅空间有限，但设计得很精巧……"他环顾一下四周，然后想继续说下去。

不过，他打住了。连他自己都意识到这样开头有一种无话找话搭讪似的味道。这可不是他想要的。

说什么呢？刚才那种倾诉的渴望一涌而出，那里面裹挟了太多的欲念，那些欲念里糅合了几天前和一上午所有的感受以及一些情感的微妙变化，连他自己都无法理清头绪。结果自己一出口，反倒是一些类似于今天天气真好的俗不可耐的套话。

人和人的交往不就是如此么？撇开单纯的目的性很强的沟通之外，其实每个人内心都淤积了太多的情愫和心绪，需要有一个出口，但为了顾及对方的感受或者囿于表达的能力及耐心，要么词不达意，要么三缄其口。

他注意到对面的女人还在目不转睛盯着他，他觉得，那是一种正在期待的神情。

他忍不住又给自己倒了一小杯酒，慢慢啜着。几份炒菜所剩不多，已经完全凉透了，花生米倒还是香脆的，适合下酒。他倾诉的渴望并没有降下来，现在似乎有了一些思路。他想给她讲这几天自己家里发生的事情，倒不是因为她是一个陌生人，没有顾忌。她值得信赖，这才重要。他还想说说刚才发生的事……总之，他不奢望能有一些明确的答案或者达成一致的看法，更多的是想倾诉一种感受或者宣泄一种情绪，尽管他自己都怀疑能不能说得清楚、准确。

他低下头，双手捧着脸，遮住了两只眼睛。因为是在述说家里的私事，他说话的声音更低了。女儿的苦闷，妻子的恼怒，自己的烦躁，一一涌向脑际。他说话的速度时而快时而慢，想到哪说到哪，有时语句都不连贯，舌头在打结，不知用了多长时间才在絮絮叨叨中把想要说的一股脑都说出来。

他停顿良久，抬起头，看见她正用一只手掌托住下巴，眼光柔和地继续朝他这边盯着，似乎丝毫不在意他的断断续续，表述杂乱，还在那里静静等待着听下去，一幅无比耐心的神态。

一股暖流从他胸腔涌上喉咙，又伴着浓烈的酒气从鼻孔呼啸而出。他，一个中年人，多少年没有这样直抒胸臆，畅快淋漓与人交流了？现在他碰到了一个真正的倾听者。按他的理解，一个真正的倾听者，尊重对方倾诉的节奏，并非为了回答问题或者表达意见而聆听，纯粹是为了理解而倾听。他轻松地直了直腰，转动了一下有点发涩的脖子，透过餐厅的窗户，他看到午后的阳光覆盖了公园，亮艳地倾泻在摇曳的绿枝上，透过古树的缝隙，他还看到五月的江水在静静流淌。这真是一个幸运的一天。

也有不幸运的，正在这个温馨的五一假期里不合时宜地陷入烦恼之中。比如自己的妻子，比如六号桌的那一对。他看到六号桌现在又坐上了两个人，一对小男女。女孩正在掏出手帕帮助男孩擦去额头上的什么东西。他又想起六号桌先前怒目相向的那一对。估计他们现在找了一个偏僻的角落，还在"你懂我的意思吗"的诘问中拉锯，或许，这种拉锯会填满他们的整个假期乃至更长时间，最终的结果不可预料。

"弄懂一个人真的很难吗？"

他扬了扬手掌，很突兀地向她问道。

她没有回答，停顿好几秒后，他感觉她似乎笑了一下，但马上又恢复了微笑启动前的平静的神态。他觉得那是充满禅机的一笑。

"……是的，很难很难——除非雌雄同体……"他想起袁康那小子的一番话。

袁康是他们图书馆的一个年轻人，哲学系毕业。宽额头，有些秃顶，戴一副高度近视眼镜，喜欢高谈阔论，说话幽默风趣，有点瞧不起那些凭关系照顾进来混日子的同事。袁康每周在图书馆咖啡厅组织一场小型文化讨论会，一直吸引了不少年轻人入座。馆里咖啡销售业务一直在增长，但袁康的生活却似乎并不如意。

他现在倒是很想给她讲讲袁康的事。他确信她也会一如既往听得津津有味。袁康在这座城市里找了一个本地女孩，药店售货员。结婚三年一直没有孩子。一年前一个冬天的晚上，凛冽的寒风像鞭子无情地驱赶着匆匆的行人和车辆。离下班差不多已有两个小时了。他接到了袁康的电话。

电话通了，可就是没人说话。里面偶尔有汽车鸣笛或者刹车的声音。那是一个无人发声的长时间静默的电话。

"对不起。"袁康后来给他道歉。"……有时候，车已经开到车库停妥了，但就是不想下去，在驾驶室发呆，或者忽然想找个人说点啥……没想到拨了您的电话，但一时又不知道该说啥……"袁康道歉的时候，叉开两个指头频频往上推着自己的眼镜框，那是一种掩饰尴尬的举动。

他连连说没事没事，他摆摆手，力图化解这个年轻人的尴尬。他对袁康这个年轻人有点偏爱，他们经常在一起海阔天空地闲谝，这种闲谝两人都很惬意。后来，他告诉袁康，尽管在需要的时候给他打这样的电话，哪怕还是一言不发……他会为他专门设置一个来电的提示铃声。

此刻他感到自己确实有些醉了，思维和动作都不如平常那么利索。但他还是张开手掏裤兜里的手机。现在他活像一个小孩子，情绪上来了，顽皮，亢奋。他坚持要将他下载的那个铃声放给她听。餐厅的食客开始散场了，一楼开始有人走动，二层餐厅也有人从台阶上慢慢走下来。他费了好半天工夫才找到那个他收藏的精心挑选的铃声，他捧着手机，调大音量，他有点担心她听不清。

然而他没有看见她的反应。两个沿着台阶走下来的男女学生站在他的座位前，挡住了他的视线。他们背对着他，举着手机不断调整角度拍摄餐厅的景致。他们旁若无人，指指点点，饶有兴致。

过了一会，他们转过头来，好奇地盯着他的手机。他的手机里还在继续固执地发出低沉的敲门声："咚——咚——咚——咚——"

晃 荡

一

我坐上的是一辆开往省城的长途卧铺汽车。

我躺在车厢左侧的最后一个上铺。在逼仄的铺位上只能平卧，无法自由翻动。这种僵硬的躺姿令人想起学校那间破旧的宿舍里拥挤不堪吱呀作响的高低床。汽车一直不知疲倦地在原野上疾驶着，引擎的轰鸣声被厚铁皮顽强地隔在了车身外，使得车厢内形成了一个相对安静的空间。大概是后半夜了，车厢的人都已熟睡。他们睡得心平气和，我却一腔心思，无法入眠。右侧邻铺发出沉重的鼻息声。前面某个铺位上有人突然打了一声响鼾，嘴上含糊嘟哝了一句什么，然后就没有声息了。我侧过头面向窗外，旷野一片漆黑。偶尔，视线中出现一串微弱的灯光，不用说那是一个村庄。要是在白天，我一定可以看见一些与我家乡村子里大同小异的景象——树竹相裹的小屋，稻场上三三两两觅食的鸡，屋前晾衣竿上皱皱巴巴的衣服，或者田野里挥汗如雨的村妇。可现在是黑夜，依稀的灯光成了一个村庄仅有的符号。灯光在慢慢滑动，像夜空中一串悄无声息飞翔的萤火虫。它们在映入我眼帘的同时也鱼贯地游入我心窝里，莫名地蠕动着。

灯光、村庄，还有我的家乡，一切都在夏夜中渐行渐远。突然，我的心一下子难受起来。

我已经是第三次陷入高考名落孙山的窘境了。省录取线刚一公布，就迅速在学校和亲友间形成一道冲击波。远在南方打工的父母很快打来问询电话。他们的电话总是掐时算点，时机和火候都把握得很精准。看得出他们对我费尽心机。父母亲这些年来背井离乡一分一厘地积攒，似乎就是为了等待我金榜题名的一刻。这一次，他们在电话中除了掩饰不住巨大失望外，依然是急切地督促我再复读一次以待来年。我心里很清楚，只要我在学校里多待一天，他们望子成龙的希望就可以多捆绑二十四小时。面对他们的无限耐心，我万分惭愧。

家里唯一不赞同我继续耗在学校里的就是我爷爷。

我爷爷是一个性格偏执脾气倔强办事一根筋的怪老头——这是村里人的看法。我倒是认为由于他与村里人在很多事情上格格不入，所以博得了别人带有贬义的评价。自父母在外打工后，爷爷一个人喂牛耕地栽秧割谷拼死拼活不肯说声累，要是在屋子里歇上一天，他就捂着胸口喊闷，一脚踏进地里浑身就来了精神。他和家人都不怎么亲热，我是他唯一的孙子，可从来没有享受过村里其他小孩为之骄傲的隔代亲。我曾经努力搜寻被他搂在温暖的怀里或者像别的小孩骑在爷爷头上那种得意扬扬的感觉，最终竟是一片空白。他把庄稼地里的作物当作他的亲骨肉了。爷爷这种与土地相依为命刻骨铭心的情愫是什么时候在他脑海里生根发芽枝繁叶茂的？是他的父亲挑着三岁的他逃荒到村里那片河滩上落下脚开始的？还是经历了多少个灾年后形成的？我相信他自己也给不出明确的答案。这几年他变得絮叨了。每年大年三十团年饭后，他就满足地点上烟，用那只半旧不旧的搪瓷杯泡上浓浓的茶叶，开始絮絮叨叨地感叹，是河滩上那块荒地救了他，让他的一条命从饥馑的年代中活过来，延续至今，得以享受晚年儿孙满堂的天伦之乐，否则早已化作村头乱葬岗一把灰土了。在这时候他显示出罕见的亲切，满口酒气，咧着嘴笑，把我叫到跟前，用粗糙的手掌摸一下我的头，让我不要读书了，跟他一起盘弄那几亩地。父母对这种鼠目寸光的诱劝很反感也很恼火，不管是父亲还是母亲都非常粗暴地打断他的话。反倒是我，觉得爷爷对我的未来没有任何实质性的决定权，因此并不在意他的偏执。对他的偏执不屑一顾的还有村里的人。有一年春节刚过，我爷爷追着两个弃田撂荒正要外出的年轻夫妇捶胸顿足破口大骂，身后跟随着一帮看热闹的妇女和小孩。被骂的那对年轻夫妇只是笑了笑，扭过头义无反顾走了。当然，他的偏执有时也会成为笑柄。比如他很少空手出门，出门时不是挑一对粪桶就是一对箢箕，见到路边的猪粪牛屎就拾起来，日积月累，积攒成一大堆，然后撒到田里去。他乐此不疲，成为村里一道几十年不变的风景。村里人毫不避讳当着我的面讥笑他。据说在农业学大寨时期，一次在芝麻地薅草，他把一泡屎憋着，一直憋得满脸通红，才匆匆跑回家，硬是把屎拉进自家的茅缸里才感觉到畅快，为此还受了队长批评。我也觉得这种事有点好笑，为了维护老爷子的尊严，我不好意思笑出声来。

　　昨天，我满脑子沮丧回到家里。八月炎热的空气烘得人异常烦躁。热浪在田野的上空翻滚，万物茂盛，生机勃勃，村庄却异常安静。这种环境正适合我此时的心境。我需要冷静下来想想下一步该做什么，或许内心深处还渴望获得一点安慰。但爷爷的唠叨让我难以忍受。他不无得意说他早料到今天的结果了。村里上高中的几个娃没一个是读书的料，别再冤枉糟蹋钱，踏踏实实回来种地才是正路子。他的唠叨在我沮丧的当口很不合时宜，特别是他那种看起来幸灾乐祸的神情简直是有意激发我满脑子不良情绪。我暴躁地吼叫起来让他闭嘴。这是我第一次表现出对老人的巨大不敬，而此前，我在别人眼里是一个言行中规中矩的本分男孩。我们大声争吵起来。到底吵了些什么连我现在都记不清了。粗哑的吼叫声惊飞了屋顶的一群麻雀，几只鸡也赶紧躲开。左邻右舍那些老头老太们听到吵闹声从屋里钻出来，围成一堆，七嘴八舌一遍又一遍劝解，其中不乏对我的指责。我觉得他们的劝解无异于火上浇油，而且暗含一种看戏不怕台高的意味。争吵由此变得更加激烈。我们爷孙俩像在高高的舞台上耍猴给众人看，但下台阶的梯子被越聚越多的人伸出无形的手拆除了，我觉得最好的收场就是逃离。我冲进屋子收拾了衣物就向汽车站奔去，在那一刻，我只想走得远远的，越远越好。

　　汽车仍在不知疲倦地行驶。均匀的节奏让人昏昏欲睡。我现在似乎平静了许多。我并不为我的冲动出走而后悔。我心里明白，学校是回不去了，我的心已和它永别。爷爷那块地也拴不住我，那块土地的吸引力正在无可挽回地消退。比我高几届的村里的小伙子在田间地头盘桓了几个季节，思前想后，还是选择了离开。匆匆忙忙的出走和村里那些年轻人深思熟虑的离开没有本质的区别，总之都是逃离那块土生土长的地方。现在满脑子都是对冲撞爷爷的愧疚。爷爷的劝导本身没有错，只不过这次他兜售他的老一套选错了时间。在满怀对爷爷的愧疚中我彻底平静下来。我终于扛不住瞌睡的挤压，一头扎进梦香里。我梦见自己还是躺在学生宿舍那个逼仄的上铺，昏头昏脑地沉睡，直到一片铃声骤然响起。我睁开眼，所有关于学校的梦境都随着汽车驶进省城车站结束了。

车站人声鼎沸，灯火通明。我拎着胡乱塞了几件衣服的书包，懵懵懂懂随着下车的一拨人出了站。人流一出站就四处分散了。我立在街边，压根不知道该往哪个方向去。放慢脚步犹豫片刻后我跟在一对中年夫妇后面。他们似乎来自乡村，扛了一个很沉的编织袋，不时停下来歇歇，回过头想跟我说话，但我并没有搭腔的意思。三个人七弯八拐走进一条小巷的早点铺里，门口架着的大锅升腾起一片油腻腻的热气。一个小女孩在忙前忙后。夫妇俩麻利收拾好编织袋的东西，女人变戏法似的转身就系好围裙，用老板娘的口吻招呼我，过个早吧，很便宜的！男人搓搓手，很和善地说，小兄弟，进城来谋事做的吧？先填饱肚子，再上建工巷广场那儿碰碰运气！

二

天还暗着，没有一丝风。城市的上空显得朦朦胧胧。远处楼宇的夜灯闪烁不定，像一只只睡眼惺忪的眼睛。我依照早点铺里男人所指的方向，来到建工巷的小广场，广场上空无一人，南侧两根水泥柱拉起的"人力资源市场"招牌上的字看得还不大真切。远处大街上汽车喇叭混合着的嘈杂声时隐时现，整个城市沉浸在炎热的夜色之中。

我像一只孤独的小鸟蜷缩在广场边一颗大樟树的脚下，睡意未消，一片茫然。我猜想，远在两百里外滞留在乡镇高中的同学，现在肯定还在充满汗酸味的床铺上呼呼大睡。高考结束后，所有的考生都松弛下来，躺在吱呀作响的木床上睡得天昏地暗。接下来的日子里，只有少数过线的人处于欣喜和兴奋之中，其余落榜的同学，要么心有不甘地选择留下来复读，要么沮丧地卷起铺盖回到各自的家中。

我在家乡那所不起眼的学校混到了十九岁半。学校处于小镇边上一截土堤围着的洼地里。水泥操场的东头一栋二层陈旧的小楼就是高中部，小楼的平顶上有一座细长的尖顶小阁楼。远远望去，像一座监狱看守的炮楼。整个二楼是毕业班教室，那里面一直被一片透不过气来的紧张情绪所笼罩，就像冬日的浓雾遮天蔽日，驱不散拨不开。学生们所有的业余时间都被数不清的习题和作业所占据。尽管稚男少女脑子里有着种种抑制不住的学业以外的追求和欲望，但那些欲望是稻田里的稗子，只要伸出头，就会被负责任的稻田守护者毫不留情拔掉。一年四季，教室里都隐隐散发出一种因过分压抑沤出馊味的青春气息。几年来我一直选择坐在教室的后排，因为我比较喜欢望着前面那些呆滞的摇头晃脑的背影，这种感觉来自观看电视里动物世界节目的体验，每次看到冰海上一大群笨拙企鹅的身躯我都忍不住发笑，很自然联想到教室里那帮呆鹅的身影。有时候我把教室想象成一座游泳池，一个火药味极浓的赛场。满教室都是被推下游泳池的残酷竞技者。所有的人都只能扎下头奋力前行，透出水面喘几口气都是自毁前程的做法。每周固定一次班训，讲台上那个脸色严峻的班主任，一个十分敬业的老头，引领我们青春航向的智者，每次都要为大家耗上二十来分钟。他在训导大家的时候，不断变换表情，有时候色厉内荏，有时候慈善可亲。每当讲得唾沫四溅神采飞扬时，他都会把那只枯瘦有力的右臂挥向远方，我们顺着他手掌所指的方向，瞪着两只虚空的眼睛，仿佛看到在他所指引的彼岸，有一座镏金的圣殿，它向我们中的优胜者敞开着热情的大门。

　　我早就不期望那座心目中的圣殿里有我的位置。我从初中开始就被代数和那些化学分子式捉弄得头昏脑涨，却鬼使神差痴迷上了文学。我拼命地阅读所有能收集到的小说和文学刊物，偷偷尝试写诗，编小说，到处抄录文学刊物的地址，然后把那些稚嫩的作品誊好后天南地北地寄。因为一手漂亮的钢笔字，我被高中语文老师封为全年级的书法家。我对所有寄出去的作品都没有自信，但对自己的一手好字却孤芳自赏，期望那些字帖一样的宋楷能打动某个编辑。书法家的美誉让我赢得了家住镇上一个楚楚动人的女同学的示好。她皮肤鲜嫩，樱桃小嘴的左唇边有一颗诱人的小痣。俘虏我的是她那双令人心旌荡漾明亮的眸子，我感到她每次望着我时都有一股清泉流淌出来，直奔我的胸口。我的心田因此被浇灌成一片沃土，我坚信种什么就会丰收什么。我把每次寄出去的信件都写上她家的地址。根据我的判断，那个地址永远都不会收到编辑部的信件，因为现在没有任何编辑有那份耐心，把看不上眼的稿件退回来，除非那些手稿真的变成铅字。我终日都在幻想自己的大名被印在某本散发墨香的崭新杂志上，那样，我将收获我所企及的很多东西，特别是我和那位女同学，我敢断定我们的关系必将产生质的飞跃。

我的幻想真的变成了现实，但结局却出人意料。我清楚地记得那是今年五月四日的晚上，教室里只剩下我和她了。我当时自鸣得意，因为能够坚持到最后离开教室，需要极大的耐心，那是双方心有灵犀的结果。我看见她从书包里掏出一本黄色牛皮信封包着的杂志，心里一阵狂跳，几乎被突如其来的喜讯击得头晕目眩。她走过来，把杂志狠狠摔在我桌上，翻着白眼道："现在什么时候了，你还倒腾这破玩意儿，你神经病啊！"她唇上的小痣因为激动而上下跳动，然后绝情地一溜烟消失得无影无踪。

现在，我一动不动坐在省城一个广场的樟树下，回想起学校的事情五味杂陈。我在心里已经和学校告别了，那个自导自演的告别仪式充满苦涩。前天上午同学们关在宿舍昏睡，下午聚集在教室。一片乱哄哄的场面。教室里弥漫着一种古怪的情绪。过线的同学掩饰不住自得自满的心情，但他们是这个群体中的极少数，在鹤立鸡群的架势中处于弱势，说错一句话都可能受到攻讦，面对别人的恭维羡慕只好显出矫饰的谦逊。落榜的人黑压压一大片，大都沮丧、失落。有好些人禁不住哗啦啦哭起来。他们发泄差不多了，就把目光投向我。我知道他们中很多人正在为是否复读举棋不定。在他们看来，我这个资格最老的复读生是一个标杆，只要我一举大旗，他们就会呼啦啦跟上。所有人都能感觉到我比他们任何一个人都失落，但他们猜不到，我因为一下午都没有搜索到那个女同学的身影，心像冰一样冷。我突然对眼前这种重复了几年的场景非常厌恶起来，拨开围拢的一群人，吼道，"少啰嗦，都滚一边去！"

在镇上一间破旧餐馆的房间里，一台咔嚓作响的立式电风扇奋力地吹散我背上不断渗出的汗珠。三瓶刚开启的啤酒冒着白色泡沫，桌上热菜的香味在空中飘散。我要为自己永远离开这所学校举行一个简陋的仪式。刚才那帮菜鸟太脆弱了，一次失败的打击就让他们陷入慌乱不能自拔。我自嘲是一个范进式的老考生，所以我应该亮出一种处变不惊的风范。还有哪个落榜的考生能像我一样虽败犹荣，镇定自若地开怀畅饮呢？我举起杯，在空中做了一个敬酒的姿势，一口气干下去，借以表达对逝去的充满幻想和快乐的青春时光的敬意。紧接着，我敬了第二杯，为我的名字第一次印在公开出版的刊物上。第三杯，我敬了所有的老师，师恩该谢。第四杯，我敬了几届同班的同学，同窗一场，友情难忘……最后，我醉眼蒙眬举起酒杯，我尚且清晰的思路无法跳过夭折的初恋，还有我屡战屡败的结局……一片阴云在脑际骤然涌起，我的情绪蓦地一落千丈，泪水夺眶而出。四周都没有人，连餐馆服务员也没来打扰。我索性任由泪水尽情流淌，任由脸上汗珠与眼泪混合着一片一片倾泻在酒杯中。我不敢再喝下去，我已经没有一丝勇气去体味那杯自酿的苦酒的味道。

三

天亮了，广场上聚集了越来越多的人，都是一些提斧背锯拎桶的打工者。很多男人和我父亲年纪不相上下。他们头发凌乱，衣着简朴陈旧，嘴上叼着烟，裤腿上还残留着一串白石灰痕迹或者一大片没洗掉的油漆。在异地他乡看到这些熟悉的形象，我心中一下子滋生了一种亲近的感觉。我所处的角度很适合观察眼前所发生的一切。眼前的场面让我想起小镇的菜市场，混乱而又暗含着某种次序。我发现，进场的人呈现出一定的规律，单个进场的总是东张西望，不知在搜索什么，三三两两结伴而来的则形成自己的圈子，在那里交头接耳。有的人手里捏块瓦楞纸板，上面写着"封阳台""铺瓷砖""木工""保姆"之类。一旦有雇主进场，一声吆喝，马上围拢一堆人，他们和雇主打探派活的内容，满口应承，然后讨价还价，谈妥的被领走，那些没有谈拢或者与雇主的活不对路的人只好继续留下来等待。剩下的人大都沉闷地抽着烟，面呈焦虑之色。

一对夫妇走过来，在我的旁边蹲下。那男的头发短而粗壮，黑白相间，酷似我父亲那颗不修边幅的脑袋。他不停地用手揉着腰。女的则一直盯着广场入口雇主模样的来人。很显然他们守株待兔的做法效果不佳，被动守候在偏僻一隅自然一直无人问津。男人掏出纸烟，哆嗦着用火柴点燃。劣质烟味在炎热的空气中散开，很呛人。他扭过头，问我："你是学生？"我说："是。"马上又摇摇头，"不是。"女人抢过话头说："我们儿子跟你差不多大呢，明年高考！"她似乎对儿子很满意，说起儿子来很兴奋，话匣子打开就没有收住的意思。男人打断她的话问我："不读了？"我脸一下子红了，埋下头低声说："没考上。"男人和女人很善解人意，都停住嘴，好一阵子大家都不再说话。又等了很长时间，男人动摇了，说："还是去料场吧！"女人有些心疼地瞭了瞭他的腰说："你还受得了那些重活？"男的起身道："还抗得住吧，那边毕竟赚得多些呐！"一眨眼的工夫，那颗酷似我父亲的脑袋就在我视野里消失了。

一瞬间，我的心被某种东西牵动了一下。我想到了我的父母亲。

这些年我极少关注我父母的境况，他们从来不在我面前谈论他们的经历，我也从来没有打听过。他们这些年到底在哪里谋生，具体在干啥？他们是否也像刚才那对夫妇，一大早守株待兔翘首以盼一份工作，或者每天在石料场挥汗如雨？特别是我母亲，是否也像刚才那个母亲，提起自己的儿子就兴奋不已？一连串的疑问像水塘里的气泡咕噜咕噜不停地冒上来。我只能自问，却没法自答。这多年来，我一直被他们哄着宠着。在他们心中，我被他们呵护是天经地义的。我就像家里唯一贵重的瓷器，受不了挤压更经不住摔打，他们乐于做我的守护神。每次他们把电话打到学校来，不是啰啰唆唆嘘寒问暖就是这科的成绩那科的排名。我靠在门卫那张搁电话机的旧桌子旁，握着听筒的胳膊发麻，望着门卫老头似听非听的架势，几乎每次都到了不胜其烦的地步，巴不得寥寥数语后咔嚓一声挂断，仿佛多说几句都是一种奢侈。现在我开始清醒意识到，他们每一次的关心，都像是一股股热气腾腾的温泉，汩汩流出，流到我这边，像注入一条冰河，被毫不留情冷却了。

时间一分钟一分钟过去。我像一个旁观者望着一拨又一拨进进出出的人流。我之所以还一直待在原地没有挪窝，一是我还沉浸在学生身份中，还没有转换角色，更没有心理准备，对雇主的期盼远不像其他人那么迫切。二是我这身学生打扮，即使一个很不挑剔而且特别有耐心的雇主，也不肯慷慨地把目光停留在我身上。太阳光越来越灼热，广场像点燃的一盆火。等我醒过神来，感到饥肠辘辘时，广场的人已所剩无几。

"你也是来找事做的？"

一个皮肤黝黑，一脸横肉，理着小平头，戴着墨镜的年轻壮汉走到我面前，粗声问道。很奇怪，别的进场的男人大多是短衣短裤，至少上身都穿着短袖，可他却长衣长裤，把自己裹得严严实实。

我盯着他的墨镜，慢慢起身，本能向后退了一步，低低嘟哝应了一下。

"第一次出门？"

我警觉起来，不知该不该实话实说。

"你多大了？"他追问。

"十九岁。"我的回答依然小心翼翼。

"咦，你十九岁？！"

我不知道我的年龄有什么好疑惑的。

"还傻乎乎站着干吗？跟我走！"他依然粗声粗气。他的声音不算大，里面还夹杂着我家乡那一带方言的尾音，但他的言语里却有我曾经在小镇的街头巷尾以及一个网吧门口领教过的令人害怕的声调。

广场空空荡荡，一片白光。我汗涔涔呆立着。年轻的壮汉一把抓住我的肩。他胳膊的力道很大。尽管他抓着我走了几步后改为搂着，但这种细微姿势的改变并没有消除我内心的恐惧。我在心里一阵乱跳之后脚步不得不顺从起来。

四

在广场上挑上我的年轻壮汉叫黑子。我们在小广场相遇后，他把我领到他租住的小屋安顿下来。他的小屋离广场并不远，位于一大片城乡接合部的平民聚集地。那天黑子领着我在小巷穿梭时，我被这座光鲜气派省城的另一面惊呆了。高高低低的民房密密麻麻横七竖八挤在一起，墙面肮脏，除了窗户安装了用粗钢筋焊接的防盗网，再没有别的装饰。一道一道发黑的水渍毫无遮拦十分显目，有的地方抹了一小块白石灰，但已经褪色，看上去像一个调皮的小孩在污泥里滚过的大花脸。红的黑的蓝的各种颜色的电线穿过各家的屋檐，布成一张看不到尽头的蛛网。几条纵横交错的主要巷子本来就不宽，两边挤满了卖水果的板车、卖糕点的手推车、出售廉价内衣内裤的摊位，以及简易的小吃铺。垃圾到处都是，没有人及时清扫，成了绿头苍蝇聚会的好去处。眼前的一切，与我想象中喧嚣热闹、具有富贵气的高楼大厦形成了鲜明的对比。

黑子把我领到一条巷子的二层楼前，我们从屋外一部用废铁焊接的简易梯子爬到二楼。二楼平顶的水泥板上搭建了一间房子，这就是我们的住处了。这里许多人家都搭建了这样的简易房子，吸引了很多出租者。黑子看了看我随身的书包，用一种不屑的口气说："出来咋混？什么都没带啊?!"他看我一副不知所措的样子，赶紧把语气放平和了些，说，"我今天给你把所有的用品都配齐，明天就去上班！"

我没想到刚到省城就顺利找到了一份工作，顺利得有些出人意料。后来我才知道，那天黑子只是路过广场，偶然看见了我。但我始终不明白他为什么把我这个没有技能一无所长的学生生拉硬扯拽进来。

我被拉进了一支室内装修队。我加入的装修队伍其实是一个草台班子，固定的人员只有四个。领头的大约三十五六岁，大家叫他大林。其他三个人，一个是一直跟着他学手艺的徒弟小三子，另一个是电工兼管工，一个缄默的中年人，还有一个是老头，大林的舅舅，负责管账兼材料员。

大林与我在广场上看见的那些衣着不整、满脸焦虑之色的人不同。他模样斯文，长得清秀，一双大眼睛滴溜溜转个不停。据说他出身于木匠世家。爷孙三代人把他们出色的手艺深深地黏在当地人的口碑上，爷爷寿终正寝后，父亲也卸下木匠担子颐养天年。年轻的大林眼大，心也大。上辈人用他们灵巧的手和良好的声誉开辟的十里八乡的疆土在大林看来太狭小了。在父亲卸下担子的那一天，他毅然告别了家乡，一头扎进县城最大的家具厂。在县城他结交了各色各类的朋友，建筑包工头，泥瓦匠，专业电工，小五金商店老板，铝合金门窗经销商。家具厂呆板的流水线并没有禁锢住他那颗不安定的脑袋。一年后，他踌躇满志拉起一支装修队，直奔省城，扎下了根。应该说，他还是很有眼光的。在一个无边无际像建筑工地的省城，一片片高楼接二连三拔地而起，谁能否认装修活不吃香呢？

这些都是小三子絮絮叨叨说给我听的。小三子与我年纪相仿，身子偏瘦，人很实在，我们很谈得来。小三子初中毕业就辍学了，一个人出来满世界混。"我爸最早让我学理发，"他告诉我，"干了半年没入门，整天拎个拖把扫地上的头发，用几只爪子在男男女女头上刨。"他伸出十个手指，做了几个抓头发的滑稽的手势给我看。"那可是小娘们干的活！"他嘿嘿一笑，"后来又学当大厨，那也是娘们干的活啊！那油烟味呛人，很讨厌！"小三子个头比我小得多，可满脑子大男子主义思想。"后来拜了大林师傅，啧啧，这下找对路了，他身上有学不完的手艺!"提到师傅，小三林满眼敬佩的神色。

小三子的话提醒了我，让我观察大林格外用心起来。他木工手艺的高低我还看不出名堂，但他揽活的谈判技巧和那套生意经却让我折服。他与每一个新房主谈装修方案，总是滔滔不绝，眉飞色舞，充满艺术创作般的激情。他似乎具备一眼就能看透雇主经济实力、喜好、大方与吝啬，性格固执与随和的能力。每一句话都像站在雇主的角度考虑，很快就能拉近双方的距离。而且他善于以自己的专业背景作支撑，用非常内行的语气化解雇主的各种疑问，让他们只有点头称是的份。他的具有亲和力的娓娓而谈让我联想起学校那个居高临下盛气凌人的班主任。我想要是我们的班主任和雇主进行一番较量，肯定会是一个南辕北辙的结果。我觉得我遇到了第一个让我心悦诚服的能干人。

小三子几乎每天都要在我耳边称赞他师傅的能干。有时候，他也口无遮拦地感叹说，师傅倒是能干，会大把大把赚钱，但老婆不贤惠，泼妇一个，天天在老家闲着，靠打麻将打发日子。

这时候，我不敢接他的话茬。这种背后对师傅的不敬是不合适的，我必须小心翼翼应对。

我处处小心谨慎是对的。我既非手艺在身，又与大林非亲非故，明摆着是一个可有可无的人。我只能打一下简单的下手，可拿的工钱比那些招来的扛水泥、运瓷砖的临时工要高。尽管大林嘴上不说什么，但他对我的态度不冷不热让我战战兢兢如履薄冰。

黑子经常到我们装修的地方来，来的时候总是长衣长裤。只要雇主不在，他就耍开性子，脱光了上衣干活。他可以一口气抢大锤把一面需要拆除的墙面锤个精光，我特别喜欢看他举着电钻枪的姿势。黑子那种姿势像一个冲锋陷阵的勇士。震动声震耳欲聋，他胳膊上的肌肉随着电钻的飞速运转而不停跳动，仿佛正迸发出无坚不摧的力量。

　　但黑子赤裸上身的样子却很骇人。来省城的第一个晚上在我们的住处看到他的文身，我几乎都要被吓跑了。一条巨蟒盘蜷在他的后背，硕大的蛇头张开，狂吐着信子，好像已经瞄准了猎物正准备出击。两边胳膊上分别文着一把长刀和斧头。我相信，任何人看到这种景象都会怵然惊恐的。我记得当时我睡在另一张床上一晚上噩梦连连。我后来才明白为什么黑子当着雇主的面总是长衣长褂捂得严严实实了，没有哪个雇主愿意把一个凶神恶煞似的人物召到自己的房子里。好在大林他们习惯了，一幅熟视无睹的样子。

　　每回黑子的到来都让我绷紧的神经得到放松。他一进门就大声招呼我，问我累不累，吃不吃得消，还故意当着大家的面掰开我的手看有没有血泡，那种神情既像兄长又像慈父。有一次他碰见我和一些零工一起扛着沙包大汗淋漓往楼上爬，脸色立刻阴下来，把大林叫到一边嘀咕了一番。以后大林对我的态度来了一个大转弯。在我刚加入装修队的日子里他来得比较勤，有时候整天在屋子里干活，我觉得与其说他来干活，不如说是来给我以某种方式的关照。

五

　　我在内心很渴望得到黑子更多的关照，希望他天天都在我身边，特别是在开头的那段日子。倒不是他的到来我可以歇口气，偷偷懒，体力轻松一些，而是压抑的心情得以放松。我新来乍到，手足无措，笨手笨脚。从小到大，我连家务活都干得比较少。十多年学校生活中，堆积如山的学习资料在缠绕我们的同时，也束缚了我们的四肢，让我们变得笨拙不堪。几乎所有的学生和家长都在高考指挥棒的引领下，被一只无形的巨手挟裹着呼啸前行。很多人乐于坐而论道侃侃而谈素质教育，可是，面对高考的壁垒，素质教育只是一个抽象的含糊不清的词汇，远离承受高考重压的学校和家长，成了一大堆专家学者遥远的聒噪。在我所有接触过的同学的家长眼里，让自己的孩子四肢键硕灵巧以应对未来生存之需都是不足挂齿的，只有千方百计让自己的孩子成功跨过高考的门槛才是最现实最紧迫的头等大事。几届毕业班里，都有父母亲来镇上租房子陪读，其中有不少来自乡间。他们租下一间小屋，在街上摆上一个水果摊，或者半夜磨豆腐清晨卖。他们的目的就是让自己的孩子衣来伸手饭来张口，把所有的注意力集中在功课上，因而他们起早贪黑历尽艰辛在所不惜。

一个呆头呆脑的学生和一个手脚麻利的熟练工中间肯定有一大截坎坷的距离。但大林不管这些。他要的是效率和效益。起初，他对我不满意，但没有直接说出口。倒是小三子经常挨他的骂。大林冲着小三子张口笨蛋闭口蠢猪，很长一段时间成了他的口头禅。他指责小三子眼睛里没活，把他比作猪油灯盏，不挑不亮，挑一下亮一下，发急的时候火气很大。小三子挨骂的时候不还嘴，瞟我一下，有时眨眨眼。我想，大林有一部分的叫骂可能是针对我的，指桑骂槐。他对我不冷不热应该是他最大的克制了。

尽管后来大林对我的态度有了一个大的转变，但我很清楚这都是黑子呵护的结果。我不能老是蜷缩在黑子的身影下，我必须凭我的勤奋和悟性尽快成为一个熟练的员工，在大林的装修队立住脚。

我趁大林心情好，很恭谦向他讨教。

大林毫不客气摆着师傅的架子对我说："干什么活都要心到、眼到、手到，明白吗？"我认真点点头，边点头边琢磨他的话。

"要把心放在事上，把事装在心里，凡事用心，眼里有活，手脚勤快，只要有慧根，就没有学不会干不好的事情。晓得吗？"大林对着我，一根手指在我的胸前不停地画着圆圈。

"这是一个人人都能明白的理！"大林扫了小三子一眼，又强调说，"听不进去就是蠢货、废物！"

大林居高临下的口气像极了我们的班主任那副耳熟能详的腔调。此时此刻，我绝不敢像在教室里一样，一只耳朵进一只耳朵出，腾出心思饶有兴致地捕捉训导者某个滑稽的手势。面对大林，我洗耳恭听，一副入脑入耳的神态。

我不认为自己蠢，更不想当废物。蠢犹可救，当废物只有自暴自弃露宿街头的份。此一时彼一时。我告别那个令人窒息的教室，像一头被圈养的野兽放归山林，在我茫然不知所措，渴望得到引领的时候，我那颗麻木不仁的心被大林激活了。我自信是一个有慧根的人，一点即通。我觉得大林说得很在理，道理很简单也很朴素，而朴素简单的道理往往最容易被人轻视和忽略。我把大林的训导当作我步入社会后最重要的一课。

我发誓要成为大林的一个优秀的手下，一个出色的徒弟。黑子很少回家住，一回来就逮住我问这问那。我把我的想法说给黑子听了，他心里有说不出的高兴。用他那只纹了大刀的胳膊搂了搂我，拍拍我的肩说："小弟，出来混是不容易的，好好干！"

我每天都刻意提前来到工地，比大林他们早到。这是我在大林面前展现的第一个孺子可教的姿态。大林他们租住在另外的地方。我手上没有雇主家房子的钥匙，进不了门，就在外面苦等。起风下雨电闪雷鸣都没有落下。每天早到只是一个毫不起眼的细节，谁说一个好的结果不是从令人满意的细节开始的呢？

那段时间我像着了魔，想方设法做得让大林称心满意。收工后回到住所，脑子里都在不停琢磨。我必须想办法尽快让自己的手脚变得灵巧起来。我把小小的出租屋当成训练场，把所有的物件反复收拾打理，将几件不起眼的桌子椅子重新摆放，里里外外擦得窗明几净，一遍又一遍把所有的衣服和被子叠得整整齐齐有棱有角，而且像电视里练兵场上的士兵一样，化繁就简，把动作控制在最短的时间内，训练出敏捷的身手。小屋子像一个架在大火上的蒸笼一般，酷热难耐。一座陈旧的台式风扇吃力地摇着头，吹出来的全部是热风。我睡不着，睁大眼睛琢磨事，在脑子里扫描白天的活路，计算房子装修的进展。每天晚上收工后大林都要交代第二天的安排。我下意识站在大林的角度计算第二天的工作量，以及所需的材料和人工。

大林干活时，我就盯着他，紧跟在他的屁股头。抹墙、贴瓷砖、架龙骨，给新做的家具刷油漆，样样活他都亲自动手。他的每一个动作都彰显出他严谨、挑剔、一丝不苟的性格。那些请来的零工干起活来比他粗糙多了。我紧跟着他，细心观察，盯着他手里的活，心和眼一起上。再也用不着他大呼小叫了，因为他刚一转身，就看见我已经把他所需要的东西都准备好，准确送到他的手上。有时他也停住手，把工具递给我，让我接着干，并不说话，只是偶尔态度和缓地指点一下。

电工师傅也和小三子一样，只是初中毕业，是老家县城里一家企业的老电工，企业倒闭后出来单干了。我估摸他的电工理论水平只是停留在一个高中生层面，但这并不妨碍他凭多年的实践经验成为一个民居装修队行家里手。我肯学，他也乐于教。电路的布线本身并不是一件复杂的事情，关键在于布得合理，雇主用起来方便满意。开关安装的位置，灯光样式的选择，亮度的明暗搭配，无不需要创意和灵感。有一次，我们接到一个旧房子翻修的活，一个六十多岁四川口音的主妇喋喋不休埋怨这间老房子处处不方便。她们一家都喜欢吃火锅，每到冬天都要把一条长线接到餐桌的电磁炉上，既不方便又不好看。我不失时机建议，为什么不在餐桌下安个地插呢？电线布在地板下，安全又方便！老妇人连连点头，说，要的要的，我啷个就没想到呢？

大林肯定把我类似的小机灵记在心里，慢慢对我产生了信任，乐意把更多的活交给我干，他在一旁作指导。黑子知道我干得越来越顺心，渐渐来得少了，即便来，也只是和管账的老头张罗进材料的事。有一次，一家房主验收完付完款，大林心情特别好，拉了拉我的手说："你选个日子在馆子里摆上一桌，再拎上两瓶酒，给我磕三个头，我正儿八经收你做徒弟好不好？哈哈！"

六

尽管我们是一支小型装修队，但我们干得风生水起，既签大单，也接小活，新客户源源不断。这既得益于大林的诚信、精明和他一以贯之地讲求质量追求薄利，也得益于以前装修过的满意雇主把我们的声誉在亲朋好友同事邻居中口口相传。我们辗转于这座城市各类居住区，见识了比我的居住地还要糟糕的大片房屋，在半新不旧的楼房间盘桓，也流连在气派无比的楼宇中。我们也接触了各色各类的人，含辛茹苦锱铢必较的平民，由贫转富洋洋自得的个体业主，四平八稳按部就班的上班族，还有发了大财一掷千金毫不顾忌地炫富的老板。我从各类建筑和人身上窥视到这座城市变化的杂乱轨迹。我喜欢上了这种走街串户贴着城市的底部游走的活路，那种感觉就像好奇地掀开一座巨大城堡地下室的盖板，借助火把，看到了抹不去的历史痕迹和最真实的蕴藏。

　　每逢一个房东结完账，大林都要请我们几个人到餐馆小酌。大林总爱把我们带到某个有地方特色的餐馆，吃得可口，花费也不大。在酒桌上，大林比平时要和善，我们也放得开一些。即使是张罗一顿简单的聚餐，大林依然沉稳练达。我们依照长幼之序坐下。大林的舅舅，每次聚餐都要被大林让到上首位坐下。大林的第一杯酒必是先敬舅舅，再敬大家。服务员上菜在下手位，大林就将菜转到舅舅面前，让老人尝过后再动箸。在我的老家，有着爷亲有叔娘亲有舅的说法，所有上辈亲戚中舅舅最尊。大林将那些旧礼在这种轻松的场合都遵循得一丝不苟，让我暗生敬佩。

　　我喜欢听大林讲他们木匠家族的江湖往事。我和小三子故意轮番敬他的酒，缠着他讲。他架不住我们左一杯右一杯，面色红润，微醺着打开话匣子。大林不说自己，只讲父亲和他爷爷辈的事。他爷爷是当时乡村里木匠中最顶尖的一个。可他父亲拜师学艺却是跟随的另一个木匠。"学徒进门先扫一年地。"大林说，自己的爹手艺再高明，自己做了别人的徒弟也得照规矩办。天不亮放牛，每天挑一满缸水，洗小孩尿布，提了师傅房间的尿桶到沟里刷，哪样没干过？同行之间也很较劲，不是在言辞上，而是用手艺说话。再就是让徒弟比试。每到过年都有师傅轮流做东，摆上几桌，邀请收了徒弟的木匠聚会。各自的徒弟带上家什参赛，先比试再大宴宾客。徒弟们比试很简单，做一个方凳子。斧头、锯子、刨子、凿子，四样工具，不准用一个铁钉。好凳子的评判除了外形漂亮不漂亮，还要看牢不牢固，请一个退出江湖的老木匠把凳子挨个往地下狠劲一摔，散架的自然就落败了。

我问大林："那些比试的徒弟们很紧张，徒弟落败师傅很尴尬，酒还喝得好？"

大林说："手艺人较劲是较劲，却不肯伤面子。过年嘛，该怎么吃该怎么喝，照旧，一团亲热。回去就不一样了，要挨训，倒霉的徒弟屁股要抽得稀巴烂！哈哈哈！"

我想最后一句恐怕不是真话，大林是在顺便调侃一下我们两个小徒弟。但我喜欢这样的故事。故事里的人和事虽然渐行渐远，却有趣、耐嚼，散发出一股老檀木家具般醇厚的味道。大林从来都不说他自己的事。他有一个漂亮的女儿，从小受宠，因宠而娇。勉强读了一个职高，几年前嫁给一个包工头的儿子。两家都有钱，在县城买房子办豪华婚礼都不在话下。据说，女儿从小到大大林在她身上花了不少功夫。请老师做家教，过节给老师提烟送酒，给校长打家具折半收费，花了不少钱，无奈榆木疙瘩成不了器。大林精明能干，可女儿除了跟她妈一样长得漂亮，却没有遗传大林聪慧的基因。很长一段时间大林很郁闷，头上添了不少白发。

我从来没见大林喝醉过。并不仅仅因为他酒量大，主要是他自控得好。每次黑子都会接到邀请，但参加的次数并不多。黑子在酒桌上推杯换盏，酒却喝得很平和。喝到最后，就和大林、大林舅舅在一旁用他们老家一带的乡音说事情。

黑子好像总是很忙，行踪不定。我对他的了解还不如小三子多，但他对我的关照却无处不在。大林付给我第一笔工钱后，我兴冲冲拿回去交给黑子，准备还他的房屋租金和帮我买衣物的钱，没想到黑子异常生气，眉毛一拧，一巴掌打落我的钱，说："你那几个毛角子能做啥？自己好好地攒，挣多少攒多少！哥还要你的钱？罩不住你?!"说完，好一阵子不吭声，似乎受了侮辱一般。

我一个人懒得开伙，每天都是在巷子里的小摊子胡乱对付或者泡上一碗方便面了事。黑子常常买些零食放我的房间。隔上几天，桌上不是一箱牛奶，就是一大堆饼干、花生、火腿肠之类。大多数时候都是见物不见人。偶尔，整晚上我都盯着桌上一大堆东西发呆，东想西想。想起同样在异地他乡的父母亲，还有被我顶撞过的孤守在老家的爷爷……想着想着鼻子就开始发酸。

关于黑子，有一些莫名的疑惑在我脑子里发酵。我忍了很长一段时间，想不动声色在小三子那儿找出我想知道的情况。我以为黑子和大林是同乡，小三子说既不同村也不同乡，只是一个地区的，来省城后才认识。

我猜想他们是生意上的伙伴，小三子摇摇头否定了。我告诉小三子，我听见过他们商量买材料的事情。小三子说："你耳朵尖啊！现在出来混哪里容易！装个房子，要买沙石、水泥、砖、木料，哪样没有道上的人控制着？那帮人倒是送货上门，价却要翻几个跟头。每次没有黑子罩着，还不得用那些人的货，不要说赚钱，倒贴！"

没想到装修这行水很深。难怪大林对黑子客客气气。

我始终想弄清楚萍水相逢的黑子为什么对我好。有一次聚完餐，我和小三子单独走在一起，我有意提起这个话头，告诉黑子如何对我好的事。小区的中午很安静，在一棵大树下，小三子就着树荫，让我站住，围着我看了一圈，说："模样子差不多，难怪师傅他们背地里议论你脸也长得像呢！"

"像谁？"我问。

"像他弟弟啊！还能有谁？都是文质彬彬的……"

原来黑子父母早亡，只有兄弟俩。黑子来省城混，把弟弟也带着，具体在做啥，不清楚。后来，弟弟没了。

"没了？"我既疑惑又惊诧。我知道没了就是死了的意思。

"是的，没了。很长一段时间黑子像掉了魂似的……"

"怎么回事？"我追问道。

阳光炽热，行人稀少。太阳透过大树的缝隙在地上留下斑斑驳驳的金片。小三子似乎有点恼怒我打破砂锅问到底。他下意识看了看周边，一个人都没有。"什么原因谁敢问？师傅知道也不会说的。把黑子惹恼了，像扭鸡头一样拧断你的脖子！"

以我的经历，我看到的是黑子凶横的外表，体验到的却是他的柔肠。

"你没见过黑子狠吧？那一回是冬天，三四个小伙子提着刀，气汹汹冲到我们装修队，黑子把棉袄丢给我，把上身衣服脱光，缠在胳膊上，挡住砍过来的刀，三下五除二就把那几个人放倒，喊里喀喳拧断他们的胳膊，那几个人连滚带爬一眨眼跑得没影了！"

七

我和小三子的友情与日俱增，渐渐成为那种无话不说的好朋友。偌大一座城市，熙熙攘攘，人流滚滚，熟悉的同龄人只有我们两个。这种天然的关系使得我们十分珍惜这种难得的缘分。茫茫人海中，这种缘分构筑成两个青年弥足珍贵的感情的方寸之地，我们怀着巨大的热情在上面种上友爱的花花草草。

装修队没有特定的休息日，我们所有时间都被工程牵着鼻子走。如果转移到管理严格的高档小区，就可以喘口气。社区物业那些穿着制服表情严肃的门岗忠于职守，节假日绝不容许装修工进入，像盯贼一样警觉。每逢周末，我和小三子无所事事，就约了一起去"看街"。"看街"是小三子发明的一个词。我说，逛街就是逛街，干吗叫"看街"？小三子揶揄道："你以为你是谁？看街就是单单看人看景。你看那些逛街的，不是恋人，就是父子母女，谈情的谈情，尽孝的尽孝，我们两个没啥事的大男人，算啥？还有外地来的，回去哪个不是大包小包？那才是逛街！我们跟那些一天一天等死的老人差不多，混时混点，不叫看街叫啥？"我们固然有闲情和时间，但我们既不是怡情，又不购物，目的只有一个，除了消磨时间就是消磨时间，小三子说得有点道理。

我乐意进商场溜溜，琳琅满目的商品让我大开眼界，但小三子不愿意。他受不了那些店员不冷不热的睨视。我们连一支带牛奶的冰激凌都舍不得吃，怎么可能去买一件动辄几百上千的衣服呢？面对带有职业笑脸的女服务员欢迎光临的大声喊叫，只有草草扫一眼就匆匆逃离。我特别爱进书店，如果没有小三子在一旁枯守，我可以待上一整天。小三子在书店的风扇下百无聊赖呵欠连天的样子让我很不好意思。我只得屈从，陪他在天桥上看街道上的人流。

在天桥上看街景也是小三子的发明。我们每人抱着一大瓶在超市买的最便宜的矿泉水，伏在天桥凉棚下的铁栏杆上，居高临下俯视街上的一切。宽阔的街道上车如虫蚁，密密麻麻，川流不息，一直延伸到视野的尽头。小三子说，这样子很像他小时候蹲在屋后的竹林里，扒开土堆看蚂蚁窝，他小时候大部分时间都是这样度过的。他说，双层公交车体积硕大，横冲直撞，霸气十足，和蚂蚁窝钻出的工蚁一个样。小三子让我对车有了兴趣，但我对车不了解，只能简单分辨出卧车、货车和公交车的区别。小三子告诉我，别看小卧车模样差不多，档次差别可大着呢。我耳朵听，心里在想，小三子所描述的黑压压的蚂蚁是不是也有高低贵贱之分呢？

我们比试从天桥上来来往往的人流中辨别不同人的身份。工人、干部、学生、家庭主妇或者旅游者。我们的结论很少有惊人的一致，往往差别很大，更多的时候是模糊不定。这样盯人注意力要集中，盯住一个目标，从天桥的一头开始，到另一端结束。要观察衣着打扮，揣摩神情变化，还要看走路的姿态。这样目不转睛地盯一个人，肯定有令人不悦的贼眉鼠眼的味道。也有被盯的人在即将从天桥上消失的一刻瞟我们一眼。那是一种挑衅，我和小三子不约而同扬起矿泉水瓶。我想小三子和我表达的意思一样，看什么看？小心老子捶扁你！

　　我们还是将目光转到天桥下。街道两边商铺林立，行人如织，都市繁华尽收眼底。高楼大厦的装扮光鲜，人流的衣着光鲜，行驶的车辆光鲜。在光鲜的背景下，是我们俩无以言说的孤寂。这时候，无事找事的游戏很适合我们。我们共同选定一个目标，把目光投向一个将头发往后梳的中年男子，他踱着方步，一幅悠闲无事的模样。我们打赌，他会不会钻到那间女性专卖衣店里去，那里面挂满了花花绿绿的胸罩，有的三角裤窄得像几根布条拼接而成。一个打扮时髦的女人，牵着一个三四岁大小男孩，东张西望，我估计在路过那个弥漫着香味的蛋糕铺时，小男孩要跑进去，小三子摇摇头说不会的。我们赌得激情高昂，把在热浪熏蒸的两个小时中不准喝一口水作为猜错的惩罚。有时候，一场夏季暴雨突如其来，街道上的行人措手不及。我们在天桥的凉棚下安然无恙，很得意地看着街道上的人奔跑。我们期望发生点什么。在我们不怀好意的期待中，一个男人骑着自行车，撞倒了一个慌不择路的胖墩墩的中年妇女，他们骂骂咧咧吵了几句，躲到商店的屋檐下继续吵。我们俩都希望，那个被撞的似曾相识的胖女人就是我们曾经给她装修过厨房的雇主，在为她装修厨房的那段时间里，她天天对我们横眉竖眼，百般挑剔。

　　与白天相比，天桥下夜晚的景色最为迷人。五颜六色的霓虹灯快乐地闪烁，把整个街面装点得流光溢彩。灯火通明的城市让夜空的星星为之失色。长长的街道上车灯密集，像一条蜿蜒流动的银河。天上人间，如梦如幻地融为一体。我们登高俯望，宛如腾云至此，犹如置身仙境一般。

　　这时候，我们终止了白天那些乐此不疲的游戏，安静下来，沉默不语，神思飞越，各种奇妙的感受涌上脑际。

"我爱死这城市了！"

小三子在静默良久后，突然冒了一句。他有些莫名的激动和兴奋，张开双臂，在天桥猛跳，像要飞跃的样子，引得过桥的人侧目。

我等他静下来，回应道："那就留下来好了，到时候找个城里的女孩成家，再想走，腿被拴得牢牢的！"

小三子说："那是不可能的，我们都是看客，假如有了钱，回县城娶个师傅女儿一样漂亮的女人做老婆，就算老天爷长眼了！"

我笑着问他是不是暗恋过师傅的女儿，他笑而不答，然后摆摆手说："那是不可能的。"这是他在否定一件事情时的口头禅。不知道他说的不可能是指暗恋师傅的女儿不可能，还是他的奢望不可能有结果。

我想起了镇上那个漂亮的女同学，她左唇上诱人的小痣……我把我夭折的初恋讲给他听，越讲情绪越低落。小三子握着矿泉水瓶在铁栏杆上敲得梆梆作响，大声嚷嚷道："不着急不着急，等你在城里赚够了钱，回去娶了她不就得了！""不过，"他挠挠头，想了想说，"等你赚够了钱，恐怕早已名花有主了！"小三子的安慰对我毫无触动，我倒是很惊讶他把一个令人沮丧的结论文绉绉地表达出来。

小三子可能很小就离开学校出来混，开化得早，对女人的感觉比我强烈。他直言不讳告诉我，他爱在人多的地方扎堆，喜欢嗅女人身上散发出的香味。特别是少女身上的味道，让他心旌荡漾。有的香味很浓，像浓米汤，稠稠的。有的很淡，像一碗白水放了一点点糖，有一丝丝甜味，很耐人寻味。我被他的比方逗得大笑。但他觉得还是师傅女儿身上气味好闻，那是一股嫩竹般的清香味，像一团缥缥缈缈的薄雾，常在他梦境的上空飘荡。

小三子在女人和性方面确实兴致很浓。我们巷子口有一家挂着"夫妻性趣店"招牌的小铺，我从来没光顾过。有一天休息日，他来我的住所玩，趁中午巷子里路人稀少的时候，他把我拉进去。店里没有其他顾客，一个年轻女子坐在电扇旁，看我们进来，并没有起身，神色坦然。小三子也很大方，拿起样品架上的一个男性性器把玩起来，招招手，让我凑近。那个性器逼真，粗壮、硕大，在电池的带动下温柔地震动着。我在一旁看得面红耳赤。一个胡子拉杂打着赤膊的男人突然推开柜台后面的吱呀作响的小门进来，我被吓得心脏蹦蹦乱跳，顾不得拉上小三子，飞也似冲出小店。背后男人叫道："嗨！两个小兔崽子！"有好长一段时间，我收工回家都绕道而行，生怕店里的男人认出我来。

八

城市气候的变化有种说不出的味道。炎热的夏季像透不过气的闷罐，让人喘气都困难。夏天接近尾声时，温度一丁点一丁点往下降，像一个挂着拐杖步履蹒跚的老人下楼梯一样迟缓。进入秋天，一连几场秋雨，气温却像崩岸的河堤，垮起来挡不住。更让人难受的是那种拥挤不堪所带来的憋闷，使得人无法畅快地呼吸。我不禁怀念起家乡一望无际的田野，蜿蜒流向天际的河流，以及宽阔的树林。那种抬头望天，满目苍翠的感觉因为生疏，反倒更加强烈。我的异样的感觉不仅仅因为气候，我还对这座城市的庞大无所适从，总觉得在某个瞬间我会突然消失。有时，我被如蚁的人潮所挟裹，莫名其妙地四处张望寻找着什么，最后我才觉得，我似乎是在找我自己的身影。

城里四处开花的建筑工地在季节的变换中依然热火朝天，我们的生意也跟着红火。小三子悄悄告诉我，大林师傅很体贴人，这几个月发的工钱比以前都要高。

休息天，小三子约了我到邮局给他家里寄钱。邮局人多眼杂，他把一大沓钱用一条旧毛巾裹了好几层，装在一个旧帆布挎包里。填汇款单的时候，他不忘记向四周扫扫，叮嘱我把包看紧点，那是他今年以来的工钱。我看见他在汇款单上写的是他母亲收，在附言栏写上："用两百元买件衣服，其余的存起来。"

我问他，为什么不寄给父亲，父亲才是一家之主。他说："这你就不懂啦。天下没有比当娘的更心疼儿子，她天天挂记着你，晚上睡得不安稳，白天嘴里直叨叨。看见你的汇款单，就踏实了，晓得你在干正经事。你写两百让她买衣服，她半分钱都舍不得花，包管一分不少给存起来，她心里乐着咧。专门寄给她，哄她高兴啊！做儿子的嘛，不就图她心里乐？说不定明天捏了汇款单又要拉小春一起上邮局呢！"

小春是他同村的女孩，小三子的母亲看中了，想让她做儿媳妇，好几个春节都提示小三子，可小三子都不肯松口。

"一辈子窝在村里没意思，我一定要在县城娶个像师傅女儿那样的女孩，在她住的小区买个房子……"小三子再次提及师傅的女儿，那是他心里一个千缠万绕的结。

小三子想生两个孩子，一儿一女，他说，生男孩是名气，生女孩是福气，名气福气他都想要。

我笑他，不是想生孩子，是裤裆里不老实了。他一脸坏笑，在我的屁股上狠劲一拧，说，啊哈，你出状况了，小家伙要蹦出来了！

客观地说，小三子的理想并不起眼，像老家田埂上的野菊花，稀松平常，但贴着地面绽放，根底稳，还蕴含了一点小味道。小三子说，师傅是个好人，也是个能人，再过几年自己出了师，单干，或者跟师傅合伙，像这样的速度挣钱，后面的日子有奔头。在我看来，小三子现在干得顺风顺水，将来肯定能如愿以偿，我对他的话深信不疑。

对比小三子，我心里惭愧。他的人生目标虽然不起眼，但毕竟活灵活现跳跃在他的脑海里。而我，连一个靶子都没有立起来，满脑子柳絮杨花。更让我汗颜的是，就连寄钱这样不起眼的小事，小三子也动了脑筋，融进了他对母亲细腻善良的意图。可我到现在连一个电话都没给父母打一个。

在我们那所乡镇学校，学生禁止有手机，父母的电话都是打给学校门卫。他们这几个月一直没有我的音讯，恐怕会焦躁不安。我猜想到现在门卫已经接过几次父母的电话了。父母急，我却若无其事，剃头挑子一头热。小三子比我小，但他懂事，我自愧不如。

于是，我下决心买了一个最便宜的手机，决定在一个心情安静的时候把电话打过去。我想了好长时间该说些什么，这将是我给父母的第一个电话，我要把我酝酿已久的感情表达出来。更重要的是，我必须找到一个充分的理由，说服父母中断他们望子成龙的期望。

在一个夜深人静的夜晚，我凭着记忆的号码把电话拨过去。

"谁……?"我父亲用略带嘶哑拖长了疑惑的口气问。

我大声用乡音报出我的名字，告诉他，我离开学校了，现在省城打工，挣了几十块工钱，这是我的手机号码。

我猜得出父亲在发愣，差不多半分钟没有说话。然后他大声问我，怎么不想读了？我说不想读了。父亲说，你说不读就不读？又不是舍不得供你！父亲的声音第一次显得那么恼怒。我说，没说你们舍不得，是我不争气，对不起你们，让你们受苦，也让爷爷受累了。我说，人长一张脸，树结一层皮。我实在没脸读下去了，怕见老师也怕同学笑话。现在我的脸皮厚得像城墙，羞得都想要投河跳江了！父亲在电话里叹息了一声，叹息声里夹杂着较之以前更为剧烈的失望。他旁边有一个女人的声音小声问是哪一个？父亲小声回答是儿子。我问妈妈在哪，父亲说，就在旁边，听着呢，你真的不读了？

我说，实在读不下去了，三年时间，只开花不结果，费了光阴又费钱，不值。您不是常说，好钢打把刀，孬铁做把锹，我就是块孬铁，只配做把锹，挖沟铲草。

以往啰啰唆唆的父母这次很少说话，沉闷地听我叽叽咕咕说。我讨好地说了一大堆让他们保重身体，不用挂记我之类的话，那边传来母亲一些含含糊糊的声音，我隐隐约约觉得那是母亲在轻轻抽泣。

给父母亲通了第一个电话后，我有一种如释重负的感觉，究竟卸掉了什么，我自己也说不清楚。我现在心安理得和小三子一样，成了一个纯粹的打工仔了。我不知道这是一种解脱还是一次新生。

　　我们在一个新建的小区有一户装修工程，是一座临湖的小别墅。装修别墅还是第一次。腆着大肚子的男主人很豪爽，是个舍得花钱的主，愿意出大价钱，但要求装修档次高。据说是考察了我们装修过的好多家后才决定由我们干的。这是我们接到的最大一笔签单。大林异常重视，推掉了其他几个要求装修的小户主，一头扎进空荡荡的别墅里，白天黑夜琢磨，一个小本子密密麻麻记满了各种数据和构想。着手施工的时候，大林大大小小的事都要亲自干才放心，对我们、对请来的零工都很苛刻，动不动就为一点小问题返工。我从没看到他做事精细到这个地步。

　　工程干到一大半的时候，大林舅舅接到老家打来的一个电话。过了几天，舅舅对大林说，你回家一趟吧，双喜让你回趟家。双喜是大林的表弟。舅舅是在我们忙得像陀螺转个不停时接那通电话的，通话的时间很长，但舅舅转达给大林时，却是三言两语。

　　大林回去几天就回来了，再见到他时，眼睛凹下去了一些。明显是睡眠严重不足的缘故。他依然是一幅兢兢业业、一丝不苟的状态，但话比原来少多了，闷着声埋头干。很显然，他在试图掩饰某种情绪。

　　工程快要收尾的时候，户主做了一个初步验收，总体很满意，又提了几处小的整改意见。大林眼圈发黑，疲惫不堪，用力拍掉身上的灰，对我们说："这单活干完了大家好好休几天吧，钱是赚不完的，拉磨的骡子也要停下了吃口草！"

　　人在累了以后一旦轻松下来，瞌睡就毫无节制地绵长。星期天我在我的小屋里睡得天昏地暗，太阳上了头顶都浑然不觉。小三子慌慌张张来敲我的门，劈头盖脸地嚷道："不好了，师傅跑了!"

我睡眼蒙眬，被小三子的话弄得莫名其妙。小三子喘着气告诉我，大清早师傅表弟打来电话说，蹲守了好几天，在县城的一间屋里，终于堵住了师傅老婆和那个男人。师傅气得浑身筛糠一样发抖，把他们出租屋的锅碗勺瓢都砸了个稀巴烂，喊着散伙。他说，赚再多的钱有屁用？一个家都守不住! 散伙散伙! 撇下我们，已经跑回家去了。

我被这突如其来的变故击打得晕头转向，半天说不出话来。小三子说完后也两眼直直地发愣。门外温和的阳光静静地铺开来，小屋里很静。突然，小三子哇的一声号号大哭起来：

"师傅撂挑子，我们往后怎么办？啊……"

九

我们这支装修队像一座木屋架子，抽掉了主梁，说散架就散架。好在大林跑了，还有他舅舅暂时勉强撑着，准备花上个把星期将工程交付给雇主，大家领了工钱作鸟兽散。大林的表弟给大林舅舅每天一个电话，报告大林的情况。电话那头每天传过来的消息都与我们的预想背道而驰，现在大林他们夫妻俩不仅没有闹得天崩地裂，而是已经和好，白天同吃一锅热菜晚上同睡一个热枕头，特别是大林，已经下定决心再也不会出远门了，他要在老家守着老婆不弃不离地过日子。听得出，每次电话那头大林的表弟都是愤愤不平的语气。

这几天大林的事成了他舅舅和电工师傅歇口气时谈论的中心话

题。大林舅舅不时摇头叹息，不知他是叹息事件本身还是叹息整个事件竟然是如此的结局。我们不好插嘴。小三子咬牙切齿地恨，他对师娘的积怨在这个可以毫无顾忌发泄的当口表现得极为充分。他说："师傅真是的，和好干吗？把她五花大绑，狠揍一顿，休了去毬。两条腿的青蛙不好找，两条腿的女人满地都是……"

休不休自己的女人是师傅自己的事，旁人左右不了。小三子咬牙切齿是有道理的，师傅吃了亏，徒弟肯定要打抱不平。他平素就对师娘没有好感，这时候自然有一腔怨气要借机发泄。关键是这场变故改变了目前的格局，打破了小三子曾经的美梦。我倒没有像小三子那种义愤填膺的感受。谁知道大林在这件事情的简单的结果后面，掩藏着何种惊心动魄的心曲呢？可能在我们年轻人看来异常简单的问题，在他们却繁复无比。我们真正恋爱的果子都没有嚼过，怎能理解他们那代人在经历了曲折的人生，在经过风浪颠簸之后，他们那只婚姻的破船该驶向哪个方向呢？或许我们到了那把年纪，也能海纳百川，装下四海风云，容得下种种恩怨？

小三子恨归恨，最终得回到师傅身边，去尽一个徒弟的本分。走的那天早上，我帮他收拾好行李，送他去汽车站。天空阴云笼罩，寒风瑟瑟，街道两旁的大片梧桐树叶纷纷落下。小三子也跟蔫了的树叶一样无精打采。我们走过曾经"看街"的天桥，那种打赌时的热情早已落叶缤纷。我心中寒意顿起，强装笑脸说："以后就我一个人看街了！"小三子不好意思地回应说："你以后安心去泡书店吧！"很显然，他还在为我以前将就他的兴趣而抱愧。其实他不清楚，在天桥上借以打发时光的友情一直在我心中盘踞不散。小三子说："我从小不爱读书，不像你。你该去读个大学，这样你就可以变成一个正儿八经的城里人了！"我苦涩地笑了笑，摇摇头，找不到合适的话回答他。

小三子对这座城市的迷恋依然是那么执着，他在汽车启动的一刹那将手伸出窗外，向我挥了挥，大声喊道："等着我，过两三年，我会再回来！"

小三子最大的优点在于他能够立足当前，放眼未来，把自己的未来设计得有鼻子有眼。而我，别说两三年，就是两三个月，两三天，都不知所从。小三子走了，虽然走得沮丧，但我呢，该怎么办？

我回到自己的小窝，感到异常孤寂，对自己的明天毫无头绪。城市上空的粉尘在阵阵北风中毫无障碍地透过窗户及房子的各种缝隙钻进来，覆盖了所有的家具。桌面上积满了厚厚一层灰，要是再过几天不打扫，估计可以当沙盘了。

我肚子开始饿，但不想动，任由自己呆坐在桌子旁。我伸出食指当毛笔，在铺着一层细细粉尘的桌面上兴致所至地涂鸦。写完了我才看清自己写了些什么。我写着小三子和大林的名字，在小三子和大林之间画了一道笔直的箭头。他们两人名字的下方，写了一个大大的"我"字，并画上一个圆圈，圆圈上布满向外四射的箭头。那些箭头代表一种选择，或者一种走向？面对这些箭头我会心地苦笑了。优雅的笔迹让我情不自禁想起学校的生活。现在看来，那种毫无选择的生活尽管压抑反倒让人留恋，没有辨不清方向的迷茫，也没有面对诸多选择的无所适从。是的，当无数的选择像玻璃碴铺在你面前时，你的路不可能走得更轻松。

我不可能因为装修队伍的散伙就卷起铺盖离开这座城市，我还刚刚开了个头，开弓没有回头箭。我决定再去人力资源市场碰碰运气。一大早面对风卷尘土凉意尽显的广场，几个月前的那个朦胧的清晨历历在目，宛如做了一场梦。我感到庆幸的是，几个月的历练洗净了我初来乍到时的学生味，多了一份老成，我所积累的装修经验让我底气十足。尤其让我自豪的是，长时间的"看街"经验让我很容易就从进场的人中找到一个与我对路的雇主。

　　我以自认为不动声色的方式站在广场的入口处，瞄准一个远远走近的五十来岁的家庭妇女，迎上去问她是不是要改厨房。她边走进广场边略微吃惊地问我怎么知道她要改厨房。我厚着脸皮笑着说，我装过几十家厨房，当然看得出来。她笑了笑，点点头。我们的身边围上了一帮找活的男人。我用从大林那里学到的一套揽活套路说服她，力图让她确信我才是一个装修的最佳人选。我一个劲以内行的口吻问她是改装整体橱柜，还是要翻修整个厨房，是包工包料还是自己备料。妇人对我的提问似乎还算满意，因为她撇开围上来的其他七嘴八舌的人径直和我对话，正当我为第一次独立出击就小有收获暗自庆幸时，妇人问我有多少人手，我迟疑片刻，说，只有我一个，其他人可临时招。妇人马上沉下脸道，一个人装什么装！

　　妇人的变脸让刚才围上来的一帮男人找到了机会，他们一把推开我，像铁桶一样围住她。我愤懑起来，我被突如其来的失败和那帮人的横蛮所惹恼，那帮人破旧的衣衫和夹杂的含混的乡音刺激了我，更让我怒不可遏，我奋力抓住一个矮小男人的衣领往外拽。我们扭打在一起，其他几个人也加入进来。我势单力薄但毫无怯意，结果我浑身饱受老拳。我被打开花的鼻子淌出鲜血，血腥味使得妇人尖叫道，别打了别打了，我不要你们装修了！这种两败俱伤的结果让那帮人气急败坏，他们其中一个大块头的男人狠狠踢了我一脚，用我勉强听懂的方言吼道，你快给我滚蛋，以后再见你一回揍一回！

十

我在小屋里对着镜子清洗我的鼻子和脸上的伤痕，因为红肿，我分辨不出脸上的表情到底是愤怒、沮丧还是委屈。我一点一点小心地抠出鼻孔里的血痂，心窝堵得厉害，终于忍不住哭起来，镜子里两眼的泪水顺着脸颊流下来，像两条溪水沿着凹凸不平的小涧流淌。

因为脸肿，也因为需要时间来平息内心的波动，我一天没有出门。我非常担心黑子突然回来，尽管他已好些天没有露面了。我既不愿以现在这副模样面对他，也有些担心他会去广场找那些人惹出什么是非。我手上有他的手机号码，但我从未给他打过电话，今天更不会打。我下意识把手机掏出来，一会儿握紧，一会儿松开，反反复复做一个动作，直到手心微微沁出了汗。我不得不承认，我此时特别想找人通个话。

我终于下决心摁下一串号码，那依旧是我父亲的号。第一遍没人接，第二遍还是没人接，就在第三遍我准备放弃时，电话终于通了，电话里传来一阵剧烈的机器轰鸣声。

我说："我没事，今天我休息，想给您打个电话。"

父亲在轰鸣声中艰难地发出啊啊啊的回声。轰鸣声渐渐小了，估计他握着电话正在往一边走远。

我说："您还好？您没受人欺负吧？"

父亲说："好、好啊！什么？受欺负？"

我说："我没事，我休息。你们干脆回老家得了，我又不缺钱花，反正我现在每天都在赚……"

父亲说："这孩子，怎么说这些？我们骨头还硬朗，还能折腾好多年呢！你今天怎么啦？还好？"

我说："我没事，今天休息。"

……

和父亲打了一通前言不搭后语的电话后心情平静了许多。我独自在屋里待了好几天。幸好脸上消肿前黑子没有回来。我不停拿起桌上那个巴掌大的小镜子看，直到我觉得我的脸恢复成原样，才放心出了门。小广场我不敢去了，我选择到一些小街小巷转悠，在我的印象里，那是矮墙上、电杆上张贴广告最多的地方。或许我能从那些广告上捕捉到我想要的内容，找到一份我所期望的临时工作。我接连看到的三张小广告都是治疗性病的内容，上面印着"郝医生消除难言之隐，一针见效"。后来我看到的小广告则写着"急开锁"，然后是联系电话。在一个巷子的一面矮墙上，歪歪扭扭用墨汁写着"办各类证件"几个字。我在穿过好多条巷子之后渐渐失去了耐心，跑了大半天的路，我所看到的所有小广告，都是一些与我住地小巷中的广告大同小异的，我平常熟视无睹的内容。

接下来的几天我决定再次出去寻觅那些招聘广告。我试探性地小心翼翼经过小广场，警觉地四周张望。广场热闹如初。我向广场内张望的时候，感觉脸和胸口还在隐隐作痛。那种隐痛不断加剧我心中一种莫名的恐惧。在我的眼里，广场的每个角落似乎都有上次撕扯中赐给我老拳的似曾相识的面孔。所以我不敢放慢脚步，只得匆匆而过。后来我才意识到，其实我所经历的一场不起眼的斗殴只不过像广场边一片树叶偶尔落下，在寒风中再平常不过了。

现在我走得离住地更远，走得脚跟发酸。天空笼罩的阴云遮住了日起日落。我在这陌生城市中穿行，经过一条条东弯西拐的小巷，在迷茫的方向感中辨不出东南西北，更不清楚回去的路了。但我并不担心迷路。因为小三子曾经教过我一个万无一失的办法，无论走多远，都可以坐出租车回到原地，只不过那必须以付出兜里可怜的钞票作为代价。

我曾经经过几座建筑工地，有的正在长满杂草的洼地打桩，也有蛛网似的脚手架裹着正在不断向天空延伸的高楼。我感觉我能够在那里面找到可以糊口的临时工作。面对令人头晕目眩的脚手架，看到那些被风刮得刺啦作响的彩色条幅，我心有不甘。我凭着几个月装修经历积累的底气，觉得在风吹不着雨淋不了的环境下谋生糊口并非难事。在一条小巷的出口，一个店面不大的餐馆前，一张桌面大的白纸牌上有一则广告，标题用艺术字体写着"急聘"。正文写着"招聘红案厨师两名，年龄不限，价格面议"。这是我几天来碰见的一条真正招人的广告，但内容让我非常失望。我想要是小三子还可以去揭榜，毕竟他还在厨房的案板旁混了几天。而我连嫌弃厨房油烟味的资格都没有。

我每天都在祈求像刚进城时候的运气来临。几个月来，我被运气宠得不能自拔了。尽管这几天我身心疲惫，但我没有放弃，我坚信运气会再次突然降临。有一天，我在一个小报亭买矿泉水喝时，顺便翻了翻一份晚报。我被报纸上的招聘栏目一下子吸引住了。上面密密麻麻刊登着招聘司机、会计、装饰设计师、打字员等五花八门的职位。我眼睛一亮，很快看中了一个名叫蓝月亮娱乐会所的一则招聘广告，招聘保健技师，生熟手不限。我被这则广告所吸引是因为它的门槛很低，而且有一个温馨的名字。我长长舒了一口气，那顿晚餐我对自己很慷慨，放开肚皮吃，炒了一盘猪肝，一碟花生米，二两白酒入肚后还添了一碗牛肉面。我在一种得来全不费工夫的激动之后，觉得这几天走街串巷竟然是多么愚笨，同时我也觉得我的城市经验是多么苍白。

我兴冲冲找到那家娱乐会所，会所离我的住地非常远，在一条比我住地要宽一些的巷子里。现在是上午，没有人进出。一个三十岁左右的模样漂亮的女领班坐在吧台前。侧墙上挂着一幅画，画面上蔚蓝的月亮下一群轻纱曼妙的少女搔首弄姿。屋里坐着几个小姐围着茶几嗑瓜子。空中弥漫着刺鼻的化妆品气味。

我向领班女人说明来意，她吃惊地看着我说："你从哪知道我们招人？"我拿出晚报给她看。她笑了笑说："对不起哟老弟，我们只招女不招男啊！"我说："上面没说不招男啊！"女人大笑起来，露出一排好看的白牙，笑声有点浪。"也怪我们没写清楚。傻老弟，你一个男人，给哪个做保健服务啊？"她向几个嗑瓜子的小姐调皮地眨眨眼，几个小姐起身围拢来逗我。一股胭脂味扑鼻而来。她们嚷嚷道："我们要保健，你带了多少钱啊？"屋子里响起一片更放浪的笑声。我突然觉得墙上的画充满暧昧和邪恶的味道。窘迫地拨开几个女子想离开。领班女子一脸坏笑说："老弟啊，女人两片壳，走遍天下肚不饿，男人一根棍，走遍天下无人问，不懂吧？哈哈哈……"

十一

好些天我都在焦躁不安中度过。这对我来说是从来未曾经历过的一种体验。我把我挣的大部分钱妥帖地藏在我住所的隐秘之处，出门时只带了两百块。我每天都异常节约，舍不得白白浪费一分钱。眼看着兜里的钱越来越少，心里免不了发虚。我不能再这样晃荡下去。在一座举目无亲的城市里，这样毫无着落的晃荡，就像在一片茫茫无际的大海上漂荡，迷茫、慌乱、时不时有一股恐惧像微风掠过我的脑际。

好几天后我终于找到了一份工作。说来好笑，是一份站在街边见人就发宣传单的简单活。那天我偶尔路过一个家具商城，刚举行过庆典的路面上还残留着鞭炮屑，门前是排列的推销家具和瓷砖的宣传展台。一群嘻嘻哈哈跟我年纪不相上下的男孩女孩正在路边散发五颜六色的宣传单，他们中有几个还戴着眼镜。他们戴眼镜的模样吸引了我。我和小三子行走在街上时经常碰见散发传单的人，他们不是上了年纪的农村妇女就是未成年的小女孩。还未曾见到这么多学生模样的人干这种事。我一打听，果然是附近职业学校的学生，周末赚点外快。我也找到老板，加入了他们的行列。这是一份毫无所长的人干的事，或者只适合休息天不动脑筋赚点外快。可我没有办法。我在这支嘻嘻哈哈的队伍中恭谦地拦住一个又一个行人时，我对我的选择评价是，慌不择路或者饥不择食。

我根本没料到进城以后我的第二份工作如此短暂，只干了不到一周的时间。疾病给了我沉重的一击。城市冬天的脚步比我在上学时快多了。商场里提前开放的暖气把屋里屋外分隔出不同的世界。冷热的巨大反差让人觉得城里人身体娇贵，特别善于保养。我站在街口，呼啸的寒风吹得我瑟瑟发抖。我还没来得及多添几件厚衣服抵御如期而至的寒冬，只不过上身套了件廉价的秋衣，那还是小三子督促我买的。街口的寒风疯狂肆虐，从两只袖口以及脖子上毫无顾忌钻进我的身体，把我的前胸后背抚摸得刺骨冰凉。雨夹着风更冷，在大雨中，我买的那把好看不中用的折叠伞只能照顾到我的上身，膝盖以下则完全泡在雨中了。我开始流鼻涕，嗓子发痒，浑身感觉一天比一天冷。要是还在毕业班的教室里待着，早就有老师提醒我们该加衣服了。没有老师的提醒和小三子的督促，我慵懒地拖延着。这种拖延很自然使我遭到寒冬的严厉惩罚，我的脑袋发烫，浑身软绵绵有气无力。我最终在无法支撑下去的情况下，不得不拖着两条灌了铅一样的腿，从街口上消失。

因为严重感冒导致发高烧，我的头剧烈疼痛，像有一把利斧不停地劈砍着后脑勺。浑身关节酸痛交加，坐立不安，无奈地在床头床尾滚来滚去。嗓子像干旱皲裂的沟渠，渴望水的滋润，我只好用一杯又一杯凉开水进行冲刷，可咽喉肿大让我的吞咽异常困难。我便溺时小腹灼疼，在嗷嗷叫唤中看到脚下流出一摊冒着热气的发红的液体。我想我快要完蛋了，但我不知道该怎么办。这次没有给父母打电话，他们远隔千里，鞭长莫及。我不愿用报忧的电话让他们受到惊吓。这时候倒是急切地盼望黑子回来，在这座城市，他是唯一可以依赖的人了。我鼓起勇气拨了他的电话，可电话总是回应无法接通。我给他发了一条短信："我病得很厉害，快回来。"我期望他尽快看到信息回来救我。我实在硬扛不下去了。实际上我在发完信息不久就昏厥了。

我弄不清楚迷迷糊糊在小屋里到底昏睡了多长时间。我一直是在梦魇中度过的，脑子里不停地闪过一些令人恐惧的片段。有时候立在悬崖，下面是万丈深渊；有时候发觉自己漂在一片湖的中央，拼命地划，使劲呼叫，竭尽全力不让自己沉下去；有时候像一只鸟飞向云端，突然折了翅膀往下落……恐惧的梦境不停折磨我，我希望这些梦境像一场暴雨戛然而止，无奈那些噩梦像蛛网缠住我，挣脱不开。当那些梦魇终于消失后，我睁开眼，发现自己躺在一个社区卫生室的病房里，额头上盖了一条叠好的用热水烫过的毛巾，手背上插着针管，吊瓶的药水正源源不断流入体内。我不知道头上盖条毛巾起什么作用，但确实舒服多了。同时我的呼吸也顺畅了许多，尽管鼻子里全是消毒水异样的味道。

黑子坐在我旁边盯着我。看见黑子，我心里一下子踏实了。黑子看见我想爬起来，按着我说，别动，好好睡！又换了一下用热水烫过的毛巾给我换上。

黑子瘦了，一幅憔悴的样子，两眼凹陷下去，左边的太阳穴旁有一道伤口，已经结了疤。两只手腕上像被什么东西勒过，留下两道圆圈似的暗红痕迹。一段时间没见面，黑子像变了一个人。从前的霸气十足孔武有力变成了一幅疲惫憔悴的模样。我想肯定是我不争气的身体拖累了他。鼻子猛地一酸，泪就汹涌无比地冒了出来。黑子说："别哭，有哥在呢！都怪我，昨天才看到信息……"黑子满脸歉意，一边轻轻握住我的手，一边用毛巾擦掉我眼角的泪水。

我一连打了六天的吊针，黑子每天寸步不离守在我身边，不停为我轻轻揉搓酸胀的太阳穴，这种温柔的举动极大地减轻了我脑袋的疼痛感。一日三餐都是黑子从餐馆里拎来一个白色塑料盒，那里面装着我吃过的最可口的饭菜。在六天时间里，我觉得我享受到的近距离的呵护比以往任何时候都有分量。我和黑子贴得更近了，有一种小苗依偎大树的感受。我一直有点怕他，畏惧附着在他身上的某种说不清道不明的东西。因此我从不敢问他到底在做些啥，也不敢主动和他聊起他弟弟的事。包括他太阳穴旁的伤口，两只手腕上的勒痕，都汇成一堆疑惑装在我的脑子里。但这些并不妨碍我和他越来越亲近。我和他之间原来那种对陌生人的惧怕演变成了弟弟对哥哥的敬畏。有时候在睡梦中惊醒，睁开眼，恍惚间觉得他是我从小分离的兄长，只不过机缘巧合让我们重逢罢了。

一周后我们回到小屋里。黑子早已给我准备好了厚棉被和过冬的毛裤以及羽绒服。我的病基本好了，但人还是虚弱。黑子不许我走动，让我躺下。我因为长时间卧床，浑身发酸，但我还是很听话，尽量躺着，只是需要上厕所时才下床走动，借以活动一下筋骨。黑子什么也不干，专心陪我聊天。黑子第一次饶有兴致听我讲我的过去。总是我讲他听，他却不提自己一丁点事。尽管这样，我还是很乐意做一名倾诉者。我除了不好意思说出我的初恋，其他的都和盘端出。我绘声绘色讲述爷爷的故事，逗得他仰起头哈哈大笑。在叙述中我发觉我有一种编故事的才能，我尽情虚构，目的是不断引发他的兴趣。这里面不乏讨好的成分，他听得高兴，我讲得兴致勃勃，何乐而不为？出乎意料的是，黑子竟然是一个很好的倾听者，他表现出来的女人一样的耐心和专注与他从前的粗犷风格和五大三粗的身材形成了很大反差。

我躺在被窝里，体温汇聚的热气缠绕周身，很舒服。隔壁那间出租屋时不时传来吉他声，伴随着那个留着长发略带嘶哑嗓音卖唱歌手的歌声。音乐给我们带来了温馨，在这间逼仄的小屋里洋溢着一股家庭般的温暖。我很动情对黑子说："哥，有一个哥哥照顾，真的很受用！"

黑子沉吟半晌，说道："嘿，你不懂，能有一个需要照顾的人在眼前，也是一件再爽不过的事！"

十二

我不愿长时间就这样闲耗着，更不忍心老是让黑子破费，缠着黑子让我出去谋事做。黑子不松口，说这段时间主要是把身体养好。我小心翼翼提出想将来跟着他做事，没想到他瞪圆了眼大声道："你跟着？谁要你跟着?！哥过哥的桥，你走你的路，非要弟兄俩绑一根绳子上？等过段时间我赚些钱了，送你上个职业学校学一门手艺是正道！哥这话你听不进耳？"黑子用两道凶狠的目光逼视我："怎么啦，敢不听哥的话?！"我张开的心一下子又缩紧了，只好顺从地点点头。

黑子又离开我走了。他总是来去无定踪。这次他的理由是，我的身体恢复差不多了，他得去忙他的事。我依旧没有问他去干什么。他不愿说的事我从来不问，这是我们相识以来达成的默契。我没有走进他的过去和现在，只是单方面享受他对我的呵护和体贴，这样一种微妙平衡的现状，我们彼此都适应了。

黑子走前留下一千块钱，让我补补身子。他关心我的现在，也

在筹划我的未来。他发誓要把我送到职校去学一门手艺。我知道那
需要一大笔钱。但黑子说他会筹集到的，让我耐心等上一段时间。
黑子的再三承诺燃起了我重新上学的热望。我当然有耐心等待。与
我期盼的结果相比，短暂的等待算得了什么呢？

　　我思忖在寒冷的冬天怎样打发日子。解决这个问题很简单。在
我们这片杂乱居住地的边缘，一个接近繁华闹市区的学校旁有一个
小书店，那足以填满我每天的时间。小店里进进出出买学习资料的
学生很多，正好作为掩护，免得我只看不买招致老板的白眼甚至驱
赶。我把我的口袋看得很紧，一本长篇名著相当于我几天的伙食
钱，我不敢随便就把我的饭钱慷慨地送给书店老板。就我目前的境
况，精神食粮抚慰不了饥肠辘辘的肚皮。在精神享受和果腹需求之
间我必须屈从于后者。

　　我的生活节奏被自己打乱了。没有压力，我获得了短暂的放
松。我通宵达旦阅读从书店里买回来的《小说选刊》之类的杂志，
它们便宜而且对胃口。冬天的寒夜安静而又漫长，正适合我如饥似
渴字斟句酌地消化每一篇小说。昔日脑海里被挤压到偏僻一隅的文
学兴趣复苏了，像开春的原野上发芽的小草，在和煦的阳光下一片
片绿起来。当然，我还算理性，我的梦想只会是一道彩虹，虽然绚
丽灿烂，只能算惊鸿一瞥。

　　夜晚我精神抖擞，第二天上午昏昏沉沉赖床不起，任由各色各
样的梦环绕脑际。可隔壁传来的吉他和略带嘶哑的歌声时不时惊醒
我的美梦。特别是吉他低沉的声音，像是从我墙缝里找到了顺畅的
通道，猛烈地冲我的耳膜。几乎每天上午我在睡得正酣时被吵醒。
刚开始我很烦躁，但渐渐就适应了。不是别人打扰了我的美梦，是

我自己黑白颠倒自讨苦吃。我把邻居充满激情的歌声当作专给我做的免费表演，我强迫自己这样想了一会，慢慢就变得心平气和了。我索性赖在床上，闭上眼睛，专心致志地倾听，犹如一个盲人，把所有的注意力都集中在耳朵上。他唱的那些耳熟能详的歌曲，我自然能跟着唱和。但有些歌曲我并不熟悉，有时还有外文歌曲。但这并不妨碍我做一个忠实的听众，用心去追踪他的曲调。他的唱腔里弥漫着忧伤。他唱得十分投入，在我看来，绝对是如泣如诉地宣泄一股情绪的那种状态。莫非他心里有什么郁结需要用歌声来化解？我想见见他。

我选择了一个风停日出的上午去拜访他。他那间阁楼似的出租屋在我隔壁二层楼的平顶上。走过去需要从我这边下楼，再从他那边屋外的铁梯爬上去。当吉他声再次响起时，我轻轻推开了他的门。他似乎正进入一种忘我的境界，只是瞟了我一眼，仍旧扯开嗓子唱道："远方的人请问你来自哪里，你可曾听说过阿瓦尔古丽，她带着我的心穿越了戈壁，多年以前丢失在遥远的伊犁……"

我倚在门框旁，看着他的长发随着头的晃动在眼镜上有趣地飘来飘去。歌手如痴如醉的情绪感染了我，我不忍心打断他。他的歌声充满了执着："不管是日落还是黎明，痴情人在等待她归来的消息……"

当吉他弹出的最后一个音符远远地飘走后，歌手取下眼镜，擦了擦镜片，抬起头对我说："你好，坐？"

歌手三十岁出头，皮肤白皙，戴一副宽边眼镜，书生模样。有点卷曲的长发披在头上又让他像一个时髦的艺术家。我很高兴他没有拒我于千里之外，而是把我当成了朋友。朋友有很多种，酒肉朋友是把酒食作为根基，相互间有利益牵扯的则抱成团，因而称兄道弟，当然也有君子之交淡如水那一类。我和歌手相差十来岁，萍水相逢，但这并不妨碍我们不着边际地畅谈。他身上一种儒雅的气质吸引了我，我的单纯也让他放松。或许在这个陌生的城市，我们都需要找到一个不用设防的人来填充心中某块空地。我们彼此敞开了心怀。

歌手的经历比我预想的要复杂。他的家在长江上游一个山区小县城。上了个师范大学，和女友都是学艺术专业。十年前两个踌躇满志如漆似胶的恋人一毕业就外出闯荡。他们既不北上也不南下，而是顺着长江，一个城市接一个城市流连。出入于酒吧陪舞，混迹于歌厅卖唱，用他们在学校里练就的那些本事换取仅能糊口的薪酬。住过窝棚，也一连饿过几天肚子。有一天，一个油头粉面开着黑色轿车的模特经纪人招人，选中了他的女友，从此杳无音讯。这些年歌手一边卖唱，一边寻找自己的女友。走过很多城市，几乎所有能找到的模特队都找过，甚至在长江沿岸偏僻的小乡镇都留下他的足迹，没料到连一条线索都没梳理出来。当初两个人恩恩爱爱，出双入对，结果劳燕分飞，现在只剩他形单影只苦苦寻觅，难怪他的歌声凄楚忧伤，那样动情。

这注定是一种伤心伤肺希望渺茫的寻觅。他的女友也许觉得凄苦难熬毅然弃他而去，也许已经找到富贵温柔乡不想回头，也可能险遭不测……总之，这多年踪影难觅，难道歌手就没有醒悟么？我为歌手坚韧的毅力所感动，也为他在这一场无望的寻觅中消耗青春时光而惋惜，更为他的执着甚至执迷不悟感到不解。

其实，歌手对什么样的结果都想到过，远比我推测的种种可能性要多。我问他为什么还锲而不舍。歌手说，这些年，行了万里路，观了无数人，也悟出了很多事理。人活着，就是在不停地寻找。自己这多年的寻找，可能远远超出了寻找自己的恋人本身。他透过镜片露出若有所思的神情，说，一个飘荡的灵魂总要找到一处栖息之地，唉，青山不老，绿水长流，这样的寻找哪会有个尽头？

我问歌手，就没想过重回自己的老家，把那里当作安身立命之所？歌手连连摇头说，回不去了，回不去了，想回去又未必回得去？有多少年轻人还回得去？回不回去只是形而下的区别罢了。即便回去了，一颗心照样向往外面的天空，不如干脆闲云野鹤，溪水随形。我们这一代人啊，就像蒲公英，漫山遍野地随风飘着。

十三

我不大理解歌手的话，但我喜欢和他无拘无束厮守在一起。白天我们休息，天南海北闲聊，晚上，我替他背上吉他，到夜市去卖唱。前些年大大小小歌舞厅红火时，歌手很忙碌，现在人们的兴趣转移，生意萧条了许多。歌舞厅不好进，转而到夜市卖唱。

我们常去的地方是一个临江的夜市。夜市有半里路长。每个摊位都搭着一个大布棚，像草原上的蒙古包。里面可以摆上两张方桌或者更多的窄条桌。布棚上印着"张记烧烤""小王特色小吃""正宗兰州拉面"之类的招牌，包厢里热气腾腾的气氛，以及可以尽情欣赏长江夜景的那份惬意吸引了不少人。

据我的观察，来夜市的大致有这样几类，神情悠闲的普通市民，对什么都感到新鲜的外地观光客，从办公室走出来的两眼熬得通红的上班族，还有一些年轻的外来打工者。我们抱着吉他来回在每个包厢中询问，从不令人生厌地缠住那些人推销自己，而是摆出一副姜太公钓鱼的淡然姿态。大多数的食客态度平和甚至很友善，有时也有食客态度蛮横地拒绝。面对粗暴的拒绝我感到难堪。我估计在那些酒气熏天盛气凌人的拒绝者眼里，我们俩充其量只不过是衣着整洁的叫花子。歌手似乎习惯了。他挎着吉他的肩背挺得很直，以不卑不亢的态度保持了一个艺术家的尊严。歌手不管心情好坏都很投入。他的吉他弹奏达到了相当的水准，常常获得听众热烈的掌声和喝彩，并得到了一个外地来旅游的业内行家的首肯。夜晚的江景美丽迷人。歌手用音乐调和了食客餐桌上的酒菜，陪那些食客度过一个兴致浓浓灯火阑珊的夜晚。

没想到歌手在这里还有熟人。每到深夜一两点，歌手都要带我去一个名叫"莉莉小吃"的包厢里。那里面清一色的面食，小汤包、水饺、香葱素面、风味小烤饼。分量不多但比较精致。与其他包厢由一些年长的经营者不同，这家摊主是一个年轻女人，脸上有些雀斑。招牌上印的可能就是她的名字。她的面食在这个时候很对一群准时而来的宵夜人的胃口，那是从附近一家星级酒店过来的一些漂亮女子，衣着光鲜，画着浓艳的妆，神情略显疲乏。看得出她们对歌手很好，每次我都见她们和他热情打招呼，样子很亲昵，绝不是点歌和卖唱那种简单的关系，况且歌手从来不收她们的一分钱小费。有时候我们来晚了一些，她们为歌手预备的点心已经摆好。大家一起吃，然后歌手拿起吉他来上几曲，边弹边唱或者只弹不唱。间或也有女孩子跟着轻轻唱。她们很少喧闹，话并不多，似乎要在五味杂陈的一天即将落下帷幕之前享受一刻难得的宁静。

我以为她们和歌手是同乡。歌手告诉我，她们也来自大山沟，原本不熟，乡音把他们拉近了。那些女孩刚来时大都在宾馆或者歌舞厅当服务员，后来慢慢转行，成了日出而息日入而作的夜莺。

我不知夜莺是什么鸟，但我明白歌手表达的意思。他神色平静，没有丝毫鄙夷的意味，仿佛在说一件极为平常的事情，不像乡里的爷爷，提起这类事，满脸通红，青筋暴起，一副肺都要气炸的样子。

真的，我很想弄明白，为什么她们搁着正当的事不干，去做那些为人所不齿的营生。歌手和我回到小屋里，面对我的疑问，用手轻轻抚摸着吉他，若有所思，对我说，年轻嘛，在这个时候太容易变了。今天看来好好的一个人，明天就可能面目全非。歌手说，在他的家乡，有一帮像我差不多年纪的孩子，离乡背井出去混，过了没多长时间，就被拉下水，提了斧子到处砍砍杀杀，最后不是被枪毙，就是被丢进监狱过几十年。其实，他们在家的时候，都是循规蹈矩的学生，连一只鸡都没有宰过。

"你能说清楚你将来会变成什么样？"歌手用眼睛盯着我突然问道。

我猝不及防，无言以对。歌手叹了口气说："青春啊，有人说得好，是化冻中的沼泽……"

歌手始终很敬业，像一个古朴年代令人肃然起敬的民间艺术家，把满腔情愫都倾注在歌喉里。这使得他有别于那些过路的卖唱歌手。那些人一副职业化腔调，表情木然，很难打动人。两种区别使得歌手很受一帮经常光顾这里的年轻食客欢迎。那是一个大的群体，既有白领，也有普通的打工仔。他们中有些人经历了十年寒窗，也有的很早就辍学，肩负起家庭的重担。虽然他们不坐在一个包厢，但他们都年轻，有血性，热情奔放，互相感染。我很喜欢这样轻松的场面，稍微有点放纵但又不出格。我常常看见他们握着筷子，和着吉他的节奏，把瓷碗叮叮当当敲得脆响，有的干脆把木桌当鼓面，巴掌拍得通红。有的甚至拖开凳子，站起来，扯起喉咙高唱，声音嘹亮，盖过了歌手本人。尽管他们经常跑调，五音不全，但并不影响他们充满激情地一展歌喉。每到这个时候，歌手就停住嘴，退到旁边当一个伴奏者。角色互换的双方都乐得很来劲。包厢里气氛异常炽热，喧闹声一浪高过一浪向江面飘去。

包厢的主人通常在这个时候是不会干涉的，他们上了年纪，论辈分，他们是这帮人的叔叔伯伯或者阿姨婶婶，看着这群像子女一样大的孩子尽情宣泄，只是咧着嘴笑。他们心里的一些东西也被搅动了，仿佛那一刻，他们也年轻了许多。

这些年轻的食客很新潮，他们脑子里也装了很多流行歌曲，但他们好像还不满足。我听见几个年轻人对歌手说，来点新的，最新的！歌手有一部微型录放机，那里面除了储备很多经典老歌，也收录了网络上最新的歌曲，足以应付歌手的职业需要了。可那帮年轻人还在弃旧追新。他们到底要什么样的歌声才可以满足呢？

在那帮年轻人的一再要求和催促声中，歌手用手指拨了几下吉他的弦，发出几声清亮的声音，清清嗓子，不说话。大家都安静下来，回到座位上。歌手擦了擦镜片，把耷拉下来的头发撩上去，又清了清嗓子，似乎在酝酿某种情绪，然后开始唱道；

挥别河滩的牛羊

远离田野的芬芳

背上沉重的行囊

我们闯进城市的大街小巷

告别了心爱的姑娘

存放她如花的模样

回头不停地张望

泪水流进酸楚的心房

天当屋、地当床

头顶雪雨脚踏风霜

漂泊的身影四处晃荡

脸上刻满父兄曾经的沧桑

岁月冲刷着满腔热望

心中收藏起昨日梦想

总把他乡认故乡

我们的青春何处安放

啊我们的青春何处安放

十四

　　歌手走了，背着吉他和一个简单的行囊，离开了这座流连了数月的城市。他是在得知长江下游一个城市即将举办冬季大型车展的消息后匆匆离开的。那边的朋友来电话说，届时将有五支模特队同时亮相车展。他一听见这个消息，神色大变，白皙的脸上立马泛起红晕，赶紧收拾东西，准备启程。模特两个字像两根劲道十足的手指，突然在他脑子里拨动琴弦，似乎他脑子里一直蛰伏着一种特有的旋律，一旦被奏响，则令他一跃而起。

歌手走了，像晨曦初露的江面上闪烁的一盏灯光，在太阳即将喷薄而出时骤然消失。这些天和歌手在一起，我度过了高中毕业以来一段短暂却又轻松自由、无拘无束的惬意时光，同时我也窥探到了另一种别样的生活方式。这一过程来得突兀，去得也迅速。犹如一扇窗户被突然打开，我得以看到另一番景致，但窗户倏地又关上了，只留给我无限的眷恋和念想。歌手的离去让我怅然若失，心里的难受久久难以平复，像一片菜地被挖去了一些正在一天天滋润成长的绿色嫩苗，留下坑坑洼洼的一片痕迹，给人的感觉空洞而又荒芜。

我又变成了孤孤单单一个人，重新陷入孤寂之中。寒冬越来越深，阴云低沉，随时都可能有一场大雪降下来。风把小屋的门窗刮得呜呜作响。同白天相比，夜晚更冷，朔风强劲，迎面刮过来，像沙粒射在身上。我有点奇怪，和歌手去夜市的时候怎么没有感觉冷，一个人待着的时候却觉得奇冷无比。吃过晚饭，我就早早上床待着，蜷缩的被子里成了唯一可以躲避寒冷的地方。

白天我也不出远门，只是站在二楼的平台上向远处眺望。我把我的活动范围限定在二楼房子的周围。我丝毫没有外出游荡的兴致，只是用那种毫无目的的东张西望打发时光。黑子不见踪影，也没有电话来。我按照他的嘱咐，耐心地等待消息。视野里的居住地依然杂乱一片。夏天几乎每家的屋顶上都扯了一些晾衣竿，花花绿绿五颜六色衣物让人眼花缭乱。冬天的屋顶光秃秃的，没有遮挡，变得丑陋难看，大风扬起的垃圾灰尘翻卷着，掠过低矮的屋顶，欢快地翩翩起舞，与灰暗的天空正好相得益彰，形成一种灰暗的色调，把人的心也染暗了。

歌手的小房子人去楼空，一扇窗子没有关严，老是发出咣当的声音。房主只管收租金，对房子的维护就不那么在意了。倒是我，很反常地在意小屋里的动静，幻想突然听到吉他的轰鸣声。我知道，这只不过是一种一厢情愿的徒劳期待。歌手再也不会回来了，小屋里再也传不出低沉略带忧伤的歌曲。

歌手的身影总是在我的眼前晃动。我努力地回忆我们第一次见面的情形。在我随着大林的装修队每天忙忙碌碌东奔西走的时候，歌手就已经映入我的眼帘，但那只是偶尔闪过的身影，也许那时候我因为忙碌对他视而不见。

我不知道歌手现在身处何方。我料定他这次风尘仆仆的追寻又将是无功而返。在过去十来年的时间里，他饱受希望与失望、激情与颓伤的煎熬，当然，他也留下了满腔的执着供人凭吊。

间或我也想起大林和小三子那几个我走出学校以后所认识的人。我没办法和他们取得联系。大林应该算得上我的第一个社会导师。我相信，这几个月他对我的手教心授将使我终身受益。如果我们一直顺风顺水干下去，我肯定会正式拜他为师。这样，我们这届毕业班中就会多了一个木匠。我很自信，若干年后出现在同学们面前的，一定是一个手艺精湛，脑袋活络，见多识广的多面手。小三子呢，现在肯定还追随着师傅，一边学艺一边把对师娘的愤懑压制在心里，同时在师傅和师娘的关系中求得一种平衡。或许过上三年五载，他会自立门户，独闯一片天地，直到他如愿以偿地娶上一个师傅女儿般漂亮的媳妇，牵一对儿女，在师傅女儿的房前屋后转悠。想到这些，我暗自笑了，因为对他们未来任何推测结果都是一种虚妄之想。至少在目前，他们绕了一大圈后又回到原地，像我老家的爷爷，过一种波澜不惊的生活。

我现在可以联系的就只剩下父母和黑子。我没有频频给父母打电话，只是定期给他们报个平安。望子成龙已是昨日梦想，现在他们终于面对现实。儿子做一个安分守己踏踏实实挣钱的打工者，对他们来说，也是一种无奈而又勉强可以接受的选择。他们对我现在的状况似乎还满意，一种期望换成了另一种祈盼，我的平安成了他们的最大心愿，就像我每次给他们的祝福一样。自然，他们也希望我找一个女朋友，过上几年，心甘情愿拿出他们多年积攒的血汗钱，为我在乡间办一场风光的婚礼。然后，祈盼我尽早添儿添女，让爷爷享受四世同堂快乐的同时，也结束他们多年的漂泊之旅，欣然告老还乡。

黑子是我唯一可以联系却不主动去联系的人。我对他的好奇心始终被一种莫名的情绪压制住了。现在，我有些后悔，前些日子跟歌手天南海北聊天时，为什么没有说起黑子的事。在我眼里，歌手是一个智者，他对黑子应该有一种我不曾明了的解析。我在寂寞地等待黑子消息的过程中，时常忍不住猜测他到底在干什么，怎样在为我筹钱。但习惯性的克制又中断我的猜测，不让我深入下去。这无疑是一种折磨，就像夏夜的卧室里有一只蚊子，嗡嗡地飞来飞去，时隐时现，有些闹心。

每天我倚栏而望，把目光投向小巷里来来往往的人群。小巷人流中经常夹杂着背着大包小包的外来打工者。没过多长时间，歌手的屋子有新的打工者搬进来住了，那是几个年过半百的农民。他们把地上打扫干净，铺上行李，挤在一起抱团取暖。几乎所有的出租屋都没有闲着。我们的居住地像一片充满吸引力的森林，一些鸟飞走了，马上又有另一些鸟飞进来。

也许因为是同类的缘故，我的目光很容易就被那些年轻的打工者所吸引。在狭窄的巷子里，我看到有三个年轻人拘谨地跟在一些长者的后面，眼神四处顾盼，显然是刚离开校门。前面是他们的父母，叔叔、阿姨，或者沾亲带故的长辈，而长辈的神情却要淡定些。有时候，巷子里走过一拨又一拨男男女女年轻人，拎着廉价的皮包和其他简单的行李，衣着比那些长辈显得时尚，有说有笑。有的是刚来，也有的正准备离去。他们进来的目的很明确，为何离去却不得而知，或许是迁徙，或许是因为某种原因准备回到故土。在他们身上不知蕴藏了多少曲折离奇、血泪心酸的故事，也可能更多的是一些平淡无奇彼此雷同的经历。我目送那些远去的背影，看着他们走出小巷或者被巷子里某间出租屋所吞噬。我轻轻哼起歌手自创的那首新歌，哼着哼着，喉咙就哽住了。我突然想起歌手所说的，他们是飘来飘去的蒲公英。

当然，我也是。

十五

在这种限定活动空间画地为牢的等待中我每天的生活变得简单

而又枯燥。夜长昼短，寒气逼人。我像一个冬眠的动物不愿动弹，变得越来越懒。我大部分时间都躺在床上，早上本来就起得晚，午睡的时间又拖得很长，晚上早早就钻进被窝，这使我在床上滞留的时间远远超过了起床后活动的时间。我其实并没有睡着，眼睛半睁半闭，时而凝神静气探听歌手那间屋子有何动静，时而瞪大眼睛望着脏乎乎的墙顶发呆。

　　我在床上逗留的时间越长，内心就越发感到松弛，意识深处藤蔓一样纵横交错的束缚断裂开来，整个人的意志慵懒不堪，像冬天的河流，空廖寂静，水波不兴。然而，这种状态并没有持续多少天。慢慢我开始感觉内心的躁动，像一条夏季来临前正在苏醒的河流。随着这种躁动情绪的堆积，我开始变得不安分起来。这种不安分的情绪并没有让我萌发再去找一份工作的念头，反而激发了我要寻找一种别样刺激的欲望，某种发自心灵深处的力量让我蠢蠢欲动。似乎只有一种新鲜的或者轰轰烈烈刺激才能把我心中的令人不安的躁动压制下去。

　　黑子终于来电话了。我接电话时，刚在小巷的小吃摊上用一碗撒了一层辣椒粉的面条填饱肚子，正穿过一堆闲逛的人，准备回去。黑子听见电话里有说话的声音，就问我说话方不方便。这样的问话很奇怪，我当然很方便，不就是一直在等他的电话嘛。黑子说，找个安静的地方，要说件要紧事。

　　我三步并着两步很快回到屋里，再把电话打过去。黑子压低声音说，这些日子已经仔细筹划好了，准备干上一票，钱到手后就可以送我去上个职校学手艺了。

　　黑子说，我要做的事很简单，就是给他望风，撤退起来很方便，没有任何风险。

黑子说，他现在人在江北，明天下午三点过轮渡找他，具体细节在一起商量……

黑子的来电一直在我的期望之中，但他所谋划的筹钱方式却让我瞠目结舌。我第一次在电话里感觉到他的声音低沉，缓慢，好像一字一顿，唯恐我听不明白。尽管他说得清晰明了，可我被他那些我始料未及的谋划击打得惊惶失措。我的注意力像楼宇上一块原本光洁完整的玻璃，在重锤之下四处飞溅，以至于根本无法把他的每一个字听进去。

我的心怦怦乱跳，既兴奋，又紧张。感觉像有一条带子缠住我的心脏，不停地勒紧，让我透不过气来，浑身发抖，脑袋发蒙。尽管我努力张大嘴，但却吐不出一个字来。在黑子后来叽叽咕咕一连串的声音中我根本就不清楚自己说了些什么。

事情的重大让我前思后想一夜无眠。在我生病以后的日子里，我曾努力阻止自己朝一个黑暗的方向去猜测黑子，黑子就像藏在浑水里的一块石头，让人没法看清。现在水退了，露出乱石狰狞的一角。不同的声音在我脑子里旋转碰撞。一种声音命令我予以回绝，另一种声音又轻柔地告诉我，黑子是我的哥哥，应该服从他的决定，况且那是一个既无风险又刺激的行动。拒绝与接受的结果我想了一遍又一遍，都感到难以预测和把握。两种声音在我的头脑里毫无顾忌大声喧哗，激烈争辩，让我没法平静入睡。第二天上午我的脑袋还处于昏昏沉沉的状态。黑子打电话来说："还在犹犹豫豫？真是没用！我想得很周密，不是给你说清楚了嘛，你只是望风，不会有危险，脱身也方便，难道哥还会把你往火坑里推？"

　　我依旧没有正面回应。黑子火了，大声说道："打虎亲兄弟，上阵父子兵，关键时候你不帮我，还又去找那些不可靠的旁人？别像小娘们一样，窸窸窣窣没出息，下午三点过江来找我，我们一起看地形！"说完，啪的一声合上电话。

　　我奔出屋外，力图让冷风把我的脑袋吹清醒，却不起任何作用。去和不去，这确实是一个难以抉择的问题。我甚至希望来一场地震，或者天塌下来，用一个惊天动地的意外事件使我的难题消解。风依然在刮，小巷仍旧熙熙攘攘，时间一分一秒逼近。我处在万般无奈中，哆哆嗦嗦从裤兜里掏出一枚一元的硬币——我找到了一种最原始最无奈而又最简便的选择方式。

　　我把硬币奋力地向空中抛去。